U0676299

我在长安玩摇滚

一个人的西安城市摇滚史
一代人的城市摇滚记忆

曹石 / 著

陕西新华出版

太白文艺出版社·西安

图书在版编目（CIP）数据

我在长安玩摇滚 / 曹石著. -- 西安：太白文艺出
版社，2024.1（2024.3重印）
ISBN 978-7-5513-2392-5

Ⅰ. ①我… Ⅱ. ①曹… Ⅲ. ①散文集－中国－当代
Ⅳ. ①I267

中国国家版本馆CIP数据核字(2023)第249608号

我在长安玩摇滚
WO ZAI CHANG'AN WAN YAOGUN

作　　者	曹　石
责任编辑	曹　甜
封面设计	杨　磊
版式设计	建明文化
出版发行	太白文艺出版社
经　　销	新华书店
印　　刷	西安市建明工贸有限责任公司
开　　本	880mm×1230mm　1/32
字　　数	230千字
印　　张	10.5
版　　次	2024年1月第1版
印　　次	2024年3月第2次印刷
书　　号	ISBN 978-7-5513-2392-5
定　　价	68.00元

版权所有 翻印必究
如有印装质量问题，可寄出版社印制部调换
联系电话：029-81206800

出版社地址：西安市曲江新区登高路1388号（邮编：710061）
营销中心电话：029-87277748 029-87217872

目录

第三章
我的摇滚创作心得

第四章
我的摇滚观察与评论

附录
我关于西安的摇滚歌词

我的摇滚黄金时代

第一章

1992年年末，伟大的唐朝乐队出了他们第一盘伟大的专辑。这盘专辑对整个华语音乐的冲击和影响力毋庸置疑，早已成为经典。在它出版发行的那一年，在西安这个古老的唐朝帝都，迅猛地让我醍醐灌顶了！我这个当时初三的少年，从此开了窍，踏上了摇滚的不归之路。

黑撒第一张专辑《起的比鸡还早》封面

梦回唐朝：我的摇滚启蒙

我的黄金时代：
大学时玩乐队的乐与怒

　　大学时代玩乐队的记忆，于我来说，是人生中最珍贵的过往，不敢轻易拿出来回放。

　　我曾写过一首歌叫《我的黄金时代》，是黑撒第二张唱片的同名作。那首歌里唱的就是我的大学生活，我把那几年看作我人生的黄金时代。

　　仔细想想，又有什么好怕的？我虽然早已离开校园，但并没有离开音乐。玩乐队这件事，从十八岁到现在已二十年，我从来没有停止过。回到我的黄金时代。那些往事种种，在我脑海里就仿佛是上世纪发生的一样。不过，那本来就是上世纪的事！

　　大一那年的第二学期，我和儿时两位一起听摇滚乐长大的挚友马俨、杜凯，组成了一支三人阵容的朋克乐队，队名"嫩刀"——听名字就很傻很天真，不是吗？那时中国整体摇滚氛围很好，但由于穷学生条件所限，连买打口磁带的钱都很难拿出，要从生活费里硬抠，买一把像样的乐器更是不可能完成的任务。经过软磨硬泡，我妈最终答应给我买一把两百块钱的"阳光牌"民谣吉他，这让我欣喜若狂。身边其他学琴的孩子还在死磕着丑陋不堪的红棉普及琴，哥已经"玩民谣"了！

那段时间，课余饭后，我在宿舍的上铺床上，头悬梁锥刺股般地苦练吉他。那个时代互联网还没普及，没有智能手机，学计算机专业的我，宿舍里甚至连台电脑都没有！资讯匮乏，交流困难。我只有靠着一台"爱华牌"随身听和一大堆摇滚磁带，没日没夜地"扒带"——就是靠耳朵听磁带里的吉他怎么弹，然后在我的吉他上摸索着弹出来，那种难度可想而知。现在学吉他的孩子们多么幸福啊，想弹什么歌，百度一搜全是现成的六线谱，Guitar Pro（吉他打谱软件）等软件更是如虎添翼。但是，凭自己的辛勤努力学会弹一首曲子的那种快乐和幸福，是现在的我弹吉他时再也体会不到的。

我和当时乐队的两位成员不在一个学校，只有每周末回家，才能在一起排练。我们那时候在杜凯父亲的办公室里排崔健、魔岩三杰、郑钧、"枪花"乐队的歌曲，全部家当就是两把木吉他加一个凳子。对，你没看错，就是一个凳子——我们的鼓手没有鼓，他手握一对鼓棒敲打着一个凳子，努力地打出"咚哒、咚哒、咚哒、咚咚哒"的节奏。这画面现在想起来，不禁眼眶湿润了。可那时候的我

大学时登台演出

研究生时开始做网站、录制作品

们，对未来充满信心，我无数次对鼓手马俨说："你绝对有打鼓天赋，将来你一定是中国最好的鼓手！"

马俨现在在北京，是一名美食摄影家。每次过年回西安，我们喝酒聊起当年，都唏嘘不已。

我们后来写了几首歌，印象比较深的有两首，一首叫《无法面对》，我写的歌词只两句："我不知如何面对，你给我的眼泪。我不知如何面对，你表现的伤悲。"但用了四个和弦，起点还算高。还有一首叫《白夜》，现在回想起来，其拖沓冗长简直像一首后摇（后现代摇滚）。

我扫弦弹唱，另一个吉他手杜凯负责solo（单人表演）。我们没有贝斯手，是因为那时候我们还没见过贝斯。

嫩刀乐队唯一一次演出，是在大二第一学期的冬天，在西安边家村一个叫"浅水湾"的酒吧，那里有一个西安乐队大拼盘演出。嫩刀第二个出场，我们唱了上面两首歌。那次是马俨第一次接触真的架子鼓，他不会用脚踩底鼓，也不会打踩镲。事实上，他从来不知道任何镲片的打法，于是就用低通鼓当作底鼓，一支鼓棒打低通，一支鼓棒打军鼓，完成了演奏。

如果是现在的摇滚歌迷穿越回去看我们的演出，一定会认为我们在玩实验音乐。但那天的现场，我们三个人就这么无畏也无所谓地嗨翻了全场。这场演出之后没多久，马俨去了北京，杜凯也工作了，我继续我的学业。嫩刀乐队解散了。

那段时间，隔壁西北大学辍学生"箱子"和我成了一起玩吉他的好友，我俩成天混在一起弹琴练歌。那时已经习琴数年的我，自认天赋过人，对工科院校里满目理工男的艺术细胞抱有极大的怀疑。加上班里无人会弹吉他，我在宿舍里随意弹个小曲就能引来围观者一片掌声，风头一时无两。不少同学都拜我为师，这更让我内心膨胀甚至自以为是吉米·亨德里克斯（美国著名吉他天才）再世。

大一下半学期我结识了邻班一位男生，聊起来得知他也会"弹点吉他"，就邀请他来我宿舍切磋。小伙抱起我的吉他试弹一曲，一出手便知不是野路子出身，颇有章法。为了彰显自己的"高手本色"，我随后也来了一段自己最拿手的古典吉他曲，果然将其震慑。我正在得意扬扬，小伙却撂下一句话就走了。

"我去找我师父来和你比比！"

这位"师父"并不是什么世外高人，而是本校一位同级同学，来自内蒙古。"师父"一迈进门，一股"杀气"就弥漫了整个寝室。瞧这气势就不是"善类"！我赶紧搬个凳子让他坐下，两人随意聊了几句。初次见面的寒暄话题还未结束，旁边几个闻声而来看热闹的同学已经忍不住撺掇道："你俩都是吉他高手，比画比画啊！"

"师父"就是师父，果然不同凡响！斗琴伊始，我弹一段，他就弹同样一段，我换一曲，他也直接会弹，崔健、郑钧、"枪花""涅槃"……嗬，敢情我学过的曲子他全都练过啊！这么轮流弹了七八首之后，我已慌了阵脚，顿感自己学识浅薄，等到最后一曲压箱底的也被他大大方方弹出来之后，我已觉冷汗直冒。"师父"莞尔一笑："曹兄没别的弹了？那我献丑再弹最后一段。"只见他手指如飞纵横上下，一曲Eric Patrick Clapton（埃里克·帕特里克·克莱普顿）的*layla*（《蕾拉》）原版再现，我听得目瞪口呆，周围响起一片掌声，高下立决！

知耻而后勇，此后的几个月，我开始闷头苦练。借琴谱、扒带子，卧薪尝胆。不仅如此，我还在校外四处在寻访高人求教，硬是速成了一身好本领。竞争意识让所有的小宇宙都疯狂爆发，那段日子，成了我吉他技术最突飞猛进的时光。暑假过后的大二开学，我已按捺不住准备再次邀他斗琴扳回面子。"箱子"出谋划策："不如你我二人练上几首吉他二重奏，以多胜少，挫挫他的锐气。"此提议深得我心。于是斗琴时日又拖延了一个月，我俩精心编排了几曲合奏，且一切都在鬼鬼祟祟地进行中。

第二次斗琴最终大获全胜，双拳毕竟难敌四手，"师父"被我们珠联璧合的二重奏彻底折服，我也在围观群众的呼声中重新捍卫了"一哥"地位。正所谓不打不相识，我和"师父"从此成了知心琴友，相互学习，共同提高，不断切磋，还多次联袂登上校园的表演舞台，成为本校吉他圈的佳话。

话扯远了。我的校园乐队生涯始终没和本校校友挂钩。大三时的某天晚上，西北大学的黄勇找到我，说他想组一支乐队，缺个主音吉他，问我有没有兴趣。我假装矜持了不到一天，第二天就拎着吉他去他学校排练了。对了，这时候，我已经拥有了一把电吉他——韩产STAGE（斯特奇），就是照片里那把黑色的看起来很像玩重金属的人才会用的吉他，一千块钱。

于是我的第二支乐队诞生了，名字叫作"奔跑的房间"。黄勇主唱兼节奏吉他，我弹主音吉他，他的同校学长陈勇弹贝斯，鼓手叫杨光，已经上班了。这个乐队的歌主要由黄勇来写，我负责主要的编曲。演出两次，反响一般。没多久乐队进行了拆分重组，陈勇变成了主唱和吉他手，我和鼓手职位不变，黄勇"退化"成了贝斯手，乐队的名字也更改为"睡袋"。

这支两校合组的乐队，风格以英式摇滚为主，在那个Grunge（垃圾摇滚）风行的时代，在西安摇滚圈还是颇显异类。我们定期排练，作品有四五首，歌词有中文有英文。我们参加过很多校园演出和摇滚拼盘演出，虽然称不上当时本地的大牌乐队，但知名度还是有的。那时我也觉得非常快乐，每次去排练的路上，都感叹人生美好，青春无敌，摇滚不死。有时演出结束，还会有观众要签名，甚至有要联系方式的。注意，那时候大部分人没有手机，我虽然有个传呼机，但因为舍不得电话费也并不愿意告诉陌生人传呼号，所以通常情况下，我留给别人的联系方式都是信箱——西北工业大学521信箱。我现在都记得那个信箱，那时每周我都会拿着钥匙跑去取信。印象里最深的是，有次在医专演出结束，有个小姑娘找我要了信箱，一周后我收到她的信，里面还夹着一张当时特前卫的"朦胧艺术照"。可惜，毕业后都丢了。

大三下学期，因为我要准备考研，陈勇也毕业了，睡袋乐队解散。我们吃了散伙饭，互道珍重。

睡袋乐队参演次数很多，最后一场是在西安医学院（现在的西安交通大学医学院）505体育馆里的摇滚拼盘演出。我们倒数第二个出场，唱了四首歌，其中我也翻唱了一首Mr·Big（大先生乐队）乐队的 *to be with you*（《和你在一起》），那是我在这支乐队里唯一一次作为歌手演出。当然，虽然我司职吉他手，但我唱歌的水平毋庸置疑，你们知道的。

还有一次印象特别深刻，那是在西北大学户外草坪的一场演出。睡袋乐队还没开唱，前面的乐队已经用轰鸣的失真和爆裂的鼓声吓到了校领导。于是，保安来掐了电。那时候已是黄昏，底下密密麻麻的同学开始起哄，主办方告诉我说："不能演了，哥儿几个收拾东西回去吧。"作为一个热血摇滚青年，是可忍孰不可忍，既然掐了电，那就玩不插电呗，给你们来点真的！我二话不说，抱起一把木吉他就坐在舞台边缘，大声弹唱起一首原创的布鲁斯。已经准备散场的观众闻声又聚集到舞台前，没有麦克风我就扯着嗓子唱，没有音箱我就抡着膀子弹，旁边我的哥们儿"箱子"也抓起一把木吉他跟着我一起弹起来！观众开始呐喊、跟唱，天色越来越黑，我们唱了两首歌。之后我鞠躬要离开，可同学们依旧意犹未尽，也不知道当时怎么想的，我们好几个人就带着木吉他和手鼓，往学校的大操场走去，后面黑压压几百个同学跟着。到了大操场，找了块空地坐下，不知道谁点了几根蜡烛，掌声就响了起来。完全零距离的不插电演出，一首接一首，我唱累了换别人唱，没人唱了就集体大合唱，原创的唱完就唱老崔、唱许巍、唱Beyond（超越乐队）。一直唱到宿舍快熄灯，大家才收摊回去。我走的时候，他们送我到校门口，问我："哥们儿，你哪个学校的？"我自豪地一指马路对面："西工大！"

在那个纯粹的年代，摇滚乐是我的，也是很多大学生的精神支柱。我一直忘不了那个夜晚，即使多年后，当站在万人观看的音乐节舞台上时，我都依然觉得，大学时的我才是那个最摇滚的我！

读研之后，枯燥的计算机学习，根本无法填补我的精神空虚。除了编程和打游戏以外，我的电脑都被我用来学习录音和MIDI（乐器数字接口）编曲。没多久，"失散"的黄勇又找到了我，提出玩乐队。我们又找到了我本科时的学姐，现在的同学——陈睿。

一支新的乐队成立了，名曰"蓝色花粉"（其实最初还考虑过叫"夜晚的骑士"，后来这个名字被我用作网名，直到现在）。陈睿是女主唱，我是吉他手和Program（音色伴奏），黄勇弹贝斯。这支乐队的风格融合了Trip-Hop（神游舞曲）、迷幻乐、英式摇滚，虽然从来没有演出过，但我们创作并录制了一张demo（样本唱片）

专辑，有些歌，也许现在网上还可以找到。我一直认为蓝色花粉在那个时候是非常超前的，三人组合形式的女主唱乐队，在我们解散后国内涌现了不少，比如田原的"跳房子"和武汉的"漂亮亲戚"等，但我们玩的时候，国内并没有任何类似的范本。那时候西安的乐队正是重金属风靡，四大金属乐队：腐尸、死因池、检修坦克、黏液，正当红。

蓝色花粉在一起的所有时间都在创作和录音，排练就是写歌的过程。当时的歌曲，都发在了网上。印象里《我爱摇滚乐》杂志收录过我们的一首歌。上海当时有个唱片公司想签我们，但被我拒绝了，原因不记得，可能只是因为懒吧。

唱片发行后没多久，这支乐队也解散了。黄勇去了海南上班，陈睿去了电台工作，我继续读研，做我的毕业论文。如果你收听过陕西音乐广播FM98.8，也许你听过陈睿做主播的节目，对了，她在电台里的主播名字叫"花生"。

研究生的最后一年，我的老朋友"箱子"拉我组了我的校园生涯最后一支乐队——"手插口袋"（Hand in Pocket）。依然是女主唱，叫田超，网名小杨柳，是交大的学生。我弹吉他，"箱子"弹贝斯，鼓手叫杨杰。我们写了四首歌，都是充满英式迷幻摇滚的味道。我们每周在杨杰的位于吉祥村的鼓房排练一次，半年后在录音棚里录制了作品的demo，但是只有一首录了唱，那首歌叫《精灵》，收录在《掩灰的色彩——西安独立音乐合辑1》里面，那张合辑唱片，我是制作人。

这支乐队也是只有作品，但没有演出过，随着我毕业很快寿终正寝。

毕业后我当了一名大学计算机老师，而在音乐领域转做了幕后，和后来的音乐伙伴王大治一起，成立了时音唱片公司，给西安的乐队做录音和唱片出版。

我以为，离开校园步入社会，即使没有抛弃摇滚乐，但也已厌倦玩乐队的形式。做幕后制作之余，我也写写歌，各种风格的歌积攒了不少，但从没想过再重组乐队。

直到有一天，和王大治在录音棚里玩即兴的时候，无意间唱了几句陕西话……

后来玩乐队的故事，与校园无关，但直到今天还在继续着。

1996年的秋天我步入高校开始读大一，到现在快二十年了。离开大学校园已然很久，但我始终坚信，那是我人生最美好的几年，对未来一无所知也毫不畏惧，把理想看作一生的追求，为每一点进步而欢呼，为每一份成绩而骄傲。我后来写过的很多歌，都与我那时的经历和心绪有关，不只是《我的黄金时代》，也不只是《流川枫与苍井空》。

这些记忆，请相信，都是我内心深处最难忘的东西，谢谢题主让我在这个周末的夜晚，在时不时涌出的心酸和伤感之中，写下以上的文字。

谢谢所有回忆，谢谢摇滚乐，谢谢文中所有提及的故人，我爱你们。摇滚不死，我还在路上！再抄录两段歌词纪念我的摇滚黄金时代吧：

可我还是鄙视所谓的草根文化

我想成为一个挥舞吉他的摇滚大侠

如果能复制一个垮掉的时代

我将扛着理想 做一朵向阳的鲜花

——黑撒《这个古城》

我想回到我的黄金时代

大学四年的光阴不会再来

记忆里保存着最珍贵的爱

永远都无法忘怀

那是我的黄金时代

岁月无情 美好流逝的那么快

记忆里保存着最珍贵的爱

即使现在已不存在

——黑撒《我的黄金时代》

我在长安玩摇滚

我的黄金时代：
西安外国语大学摇滚记忆及其他

西安外国语大学，位于师大路西口，和陕西师范大学一墙之隔。

当然，我说的是老校区。新校区远在长安区郭杜镇，著名的616路公交车的终点站。

从小到大，我一直称呼它为"外院"，因为在升格之前，这所大学全称是"西安外国语学院"。顾名思义，外院里的学生主要学习的专业都是外语。最妙的是，它还开设了"汉语"专业。外院离家如此之近，少年时代我就常在外院校园里溜达，那里女生众多，这也是那时候我们一帮愣头小子喜欢去外院玩乐的动力之一。无对比无伤害，对于隔壁的陕师大女生，我们却是兴趣甚微。

我父亲就毕业于西安外国语大学俄语专业，毕业后分到母校邻居的陕西师大任教，倒也方便。那是很遥远的历史了。在那个中苏友好的时代，学习俄语是个热门的选择。难为一口陕西方言的父亲，他连普通话都不怎么会说，却学成了一位精通俄语的教授。俄语卷舌音极多，不好听更不好懂，童年时父亲妄图给我传授几句常用口音，均被我拒绝。后来苏联解体，中俄会谈，学俄语的人越来越少，学校为了招生，每年组织教师去遥远的新疆组织生源，甚至开设了函授班。现在外院的热门专业除了传统的英语、法语、西班牙语之外，德语、葡语、意大利语、日语甚至韩语都凌驾于俄语之上，这在父亲求学的那个年代简直不可想象。

我读的大学是所工科院校，女生极少。我班里三十余人，只有四位巾帼。

记得某天邂逅中学男同学L，他正在外院就读英语专业。L淡淡地告诉我，他班里从同学到老师，只有他一个男的，于是一入校就被老师选中做了班长，享受众星捧月的待遇。上体育课时不管玩什么运动项目，女生们都用迷妹的眼神看着他。L隔三岔五就收到情书，据说班里一半女生都给他表白过。

我一度深深怀疑命运，后悔当初为何学什么狗屁理科，考什么狗屁计算机专业。如果时光倒流，我一定要考到外院啊！

另一位考到外院上学的中学同窗Z，曾是我高一时的同桌，女生，颜值高。大学四年期间完全失联，直到毕业后的某天，我在本地一个路演舞台上抱着吉他演出时，赫然认出那个长发飘飘声音婉转的主持人正是 Z 同学。两个人都做了与求学时完全不同的职业，不由唏嘘感叹。

多年后，我走上职业音乐人道路，常常在西安参加些商业活动，接触过不少主持人。Z 给我主持过大概七八次，每次我们碰面，在台上对话都忍不住笑场，她总对观众讲，我俩是中学同桌，不惧无形中暴露自己的年龄，我想这大概也是因为我看着还不算太沧桑，没给她拖后腿吧。前两年，Z 突然在微信告诉我，她要出国继续读书求学，我除了祝她学业有成，却也不免有些难过——青春里太多的旧友，终究一个个消散在生活中，很多人便是再见一面都成了妄想。

2000年读研究生时，我深深沉迷于最初的互联网。那时候的网络，简单、虚幻、不实名，OICQ（腾讯QQ前身）正当红。

我的舍友混混猫，在OICQ上认识了一个妹子J，喜欢得不得了。每天不仅在网吧和其聊天甚欢，回到宿舍还要煲电话粥许久。J是外院德语专业的学生，那时候正读大二。

我那时正从上一段失败的恋情中走出，研究生课业寥寥，终日闲时漫漫，无所事事。看着混混猫畅游爱河，难免有些羡慕嫉妒恨。他倒也好心，也或许看我的哀怨相有些不忍，便让J帮我介绍女生。

几天后，J介绍了一个她的同班同学，也是她的舍友——S。

S是天蝎座，性格外向，有着和她年龄不一样的成熟。所以虽然小我几岁，但情商一点不比我低。我们互相加了QICQ，也通了电话，聊得还算投机。没多久，我也每晚在宿舍里抱着小灵通煲起了电话粥。这样的状态持续了快一个月，我们终于见面了，第一次见面，就约在外院她的宿舍楼下。那个夜晚，月亮像晦涩的俄文一样深邃，空气像复杂的德文一般沉闷。我在那栋如今已被废弃的大楼下，对着一个陌生的窗户喊着一个从未谋面的人的名字。

　　那晚的见面，很多细节已经模糊了。只记得我看到她的第一眼说出的话是："咦，你还长得挺漂亮的。"我们在外院的校园里走了走，又走到了学校对面的杨家村里吃了顿麻辣烫。彼此印象都不错。

　　这个故事没有持续多久，我们终究只做了普通朋友。她一直想去德国留学，但始终没有成行，考研也败下阵来。不过上进心体现在生活的点点滴滴中，她现在跟心爱的人一起打拼，做一名忙忙碌碌的德文老师，闲时环游世界，过上了自己热爱的生活。

　　外院虽然不大，学生也不多，但盛产怪人和才人。

　　有几年我常给国内的摇滚音乐类杂志撰稿，写写乐评、专访和演出观感等文字。在《非音乐》上，看到一个署名"不知火舞"的作者也在写西安的地下音乐，文笔了得。后来在我的"绿洲"音乐网上找到了这个ID（账号），认识了解后得知她是外院的学生，学意大利语。"火舞"是苏州人，顶着南方姑娘的标签，但性格爽朗说话霸气，和她聊天特别好玩。我去外院找过她一次，她来师大找过我一回。我们把中国摇滚聊了个底儿朝天，我却连她真名叫什么都不知道。有天晚上，她和外院另外一位摇滚才女G来师大找我喝酒，我们坐在图书楼下，借着路灯喝干啤聊生活，脆弱的G姑娘说起她刚失恋的事儿，然后突然哇哇大哭，几近崩溃。不知所措的我正在想怎么安慰她，身后的火舞竟哈哈大笑，我转过脸去分明看到一副"爱情不过是生活的屁"的表情，那一刻我真是大写加粗的服。后来彼此都忙，有一段时间没联系，突然某天她网上说要找我玩，然后半小时后，一个顶着光头的火舞姑娘就来了，这简直酷到没朋友啊！

火舞的"没朋友"不只因为她的特立独行，我也是后来才知道，她还是个超级学霸。还没毕业她就四处跑着做同声传译，薪水高到连硕士毕业的我都望尘莫及。我们最后的交流是好几年前，在网上互换了几个基金信息，她告诉我她当时炒基赚了几千块，"不多"。而那时几乎赔了全部家当的我，默默地选择下了线。

火舞现在在意大利开了自己的公司做了老板，主营各种奢侈品，同时成了一个四岁混血小女孩的妈妈。

黑撒乐队的演出阵容在2007年秋天成立，组队后第二次现场演出就在外院的新校区，是一个好多乐队参加的Party（派对）。那次演出只我们唱了两首歌：《秦始皇的口音》《生于70年代》，因为当时乐队只排出了这两首。那天乐队的节奏吉他手李焱有事没来，我临时抱佛脚背把电吉他上去弹节奏，紧张坏了。几年后黑撒在外院新校区又演了一场，已然驾轻就熟许多，忆往昔自嘲许久。

外院的老师我认识不少位，其中有一位我神交多年只闻其名未见其人的，也堪称大神：伊沙。伊沙毕业于北师大中文系，是个诗人，也写小说，同时是外院里的中文老师。

在外国语大学教中文这件事，我总觉得挺有趣，就像在美术学院教电脑，音乐学院教物理，体育学院教播音——听起来都有些不和谐，但却都是真实的存在。

最早知道伊沙，是我还在中学的时候，通过那会儿从西安火遍全国的《女友》杂志。他当时给这本刊物撰稿，写一些摇滚乐评。在那个信息匮乏的时代，这种文字是我最重要的精神食粮，所以也就牢牢记住了"伊沙"这名字。后来他还办过《女友》的姊妹刊物《文友》，好像还做过一本杂志叫《创世纪》，挺文艺的，但没几期似乎就夭折了。

2000年夏天我去北京游玩，每天下午骑单车从朝阳到海淀，去一家叫"风入松"的书店看书，连续看了一个星期，把一本村上春树的《世界尽头与冷酷仙境》都免费读完了。后来心里有些歉疚，就买了两本书带回西安，一本是石康的《支离破碎》，一本是伊沙的《俗人理解不了的幸福》。

伊沙这本是短篇小说集，我在北京回西安十几个小时的火车硬座上一口气看完了。挺好看，简单粗暴，且多篇小说里提到他就职和居住的地方：外院老校区，让我倍感亲切。

他后来还出过不少小说，长的短的都有。为了支持这位"心中有摇滚"的中文老师，他的书我都买了。今年我的一个小心愿，就是去外院听一次伊沙的课——不过，他和他的课都已经搬去新校区了。

外院男生太少，所以很多印象中本该男生干的事儿也得女生出马，比如玩乐队。

2004年前后，前面提到的外院失恋姑娘G给我推荐了一支本校乐队：支离乐队，特别强调女主唱嗓音特别好，像王菲。后来我见到了那位女主唱，她有个很妙的名字：龙红紫娓。龙红紫娓是外院俄语专业的，彝族人，皮肤很黑，眼窝很深，唱起歌来飘忽轻盈，真的颇有几分当时王菲的味道。他们乐队其他几位也都是外院的学生，均为男性。乐队的核心是吉他手梁甲，陕西大荔人，外院英语专业学生，瘦瘦的，喜欢听Indie Rock（独立摇滚）、迷幻摇滚，和当时的我口味极像，所以聊得很投机。支离乐队属于典型的技术一般但意识到位的新乐队，手上活儿普普通通但脑子里有东西。后来他们在时音唱片录了第一张四首歌的demo，之后龙红紫娓就离队了。第二任主唱还是个女生，外院英语专业的许茜，也是梁甲最早的粉丝和后来的女朋友。

可能是龙红紫娓的离队让支离乐队濒临支离破碎，所以梁甲病急乱投医派出了自己的女友临阵受命，但许茜很好地接替了主唱的位置，并且用另一种唱歌风格，撑起了支离乐队。之后他们在时音录了第二张demo，依然是四首歌，我非常喜欢，并且帮他们做了后期混音。比起龙红紫娓的轻灵，许茜唱得更霸气更情感充沛，高亢的嗓音和充沛的底气足以驾驭不同风格的歌曲。

支离乐队毕业后解散，多年后，梁甲去了南方，后来辗转学习吉他及效果器工艺，进了国外制琴公司。而与他分手后的许茜，在成都当了几年翻译后回到西安，加入了电子乐队：TBOR。而最初推荐支离乐队给我的G姑娘，毕业后在昆明开过一家颇有文艺气息的私人图书馆，现在在大学当法文老师。

外院另一支我喜欢的乐队，改过好几次名字，最早叫REDRUM，来录了几首歌，第二次再来就换了队名。乐队核心是吉他手兼主唱王傲，成都小伙，也瘦得一塌糊涂，以致我当时怀疑是不是外院的男生都很瘦。王傲的吉他弹得很棒，据说师承于成都著名的阿修罗乐队早期著名的吉他手酉酉，旋律和节奏感都非常新颖，同时充满潮范儿。可惜REDRUM乐队那会儿，外院的学生都搬到新校区了，离我甚远，没能有机会看到他们的现场演出。十年以后，在央视一档叫《中国好歌曲》的节目里，有一个叫王傲的选手一闪而过，虽然晋级了但只剪了几秒的镜头，不过只是一耳朵我就确认了那是我认识的王傲。他毕业后回了成都，重组了一支叫"明日之憧"的乐队，继续着他的音乐梦。

其实校园再美，也只是空白的背景，而发生在校园里的人和故事，才是最生动迷人的。

我热爱大学也正因校园里那些活生生的人，以及他们与他们之间，他们与我之间那些有趣的联系。

寒暑交替，迎来送往，报名毕业，天各一方。铁打的校园，流水的少年。校园中充溢着的哪里是空气，都是青春啊！

2013年年初，我从住了八年的高新区搬回了南郊，晚上散步常常会溜达到外院老校区里。那时学校里已经冷清了很多，不复当年的热闹景象，偶尔会让我觉得伤感。

那段时间，我开始夜跑，大多在师大操场，有时也在外院。在外院那个据说一圈只有三百米的操场跑道上，我跑着跑着，身边的人越来越少，花团锦簇的姑娘们不见了，接着身材瘦削的男孩们也没有了，只留下老人与小孩还在嬉笑玩闹，一圈两圈，三圈四圈，慢慢地，只剩下我一个人了。脚步不停，已泪流满面。

我的黄金时代：
西北政法大学摇滚记忆及其他

西北政法大学，学校官方的简称叫作"西法大"，听起来有点荒谬的霸气。

升格前叫"西北政法学院"，我们小时候都称呼它"政法"。

政法老校区位于长安路南段，离师大路口不远。与陕西师范大学、西安外国语大学呈三足鼎立之势——"死搭、歪渊、蒸法"的大学生，是电视塔吴家坟八里村商圈最繁华的资源供给。

我有个长辈亲戚就住在政法，小时候过年会去他家里串门。虽然离我家步行不过十分钟的路程，但我每次都有抗拒之心。童年时的我，似乎潜意识里对"政法"二字心存敬畏，总觉得跟政治、法律相关的东西都充满高危性，远没有"师范、外语"听起来温柔。

谁能想到，成年后第一次踏进政法的校门，就是件惊天动地的政治事件。

1999年5月8日，以美国为首的北约轰炸了中国驻南联盟大使馆，炸死三名中国记者，炸伤不少人。这件事在当年掀起了巨大的风波，全国各地很快出现了民间抗议示威的游行——而血气方刚的大学生，正是这次游行最积极的参与者。

那年我正在读大三，是个真正的摇滚青年。事发当天是周六，我正好从学校骑车回家，一路上看到很多人张贴大字报，也有一些人上街游行，民众的愤慨让我激情澎湃，恨不得立马扔了书包加入游行队伍。

第二天，游行之势更盛，恰逢周日，据说全城的年轻人都出来了。那天晚上，我和自己最铁的两个发小杜凯和马俨正在师大校门口闲聊，顺便偷偷抽根烟。突然震耳欲聋的口号声从远方响起，并越来越近。打眼一看，原来是陕师大的学生游行队伍正雄赳赳气昂昂踏步前来，我们几个瞬间像打了鸡血一样，丢下烟头就大跨步迎向"革命队伍"。

双方像久违的战友重逢，紧紧地握着手激动地对话着。

"同志们，你们这是要去哪里哇？"

"我们要冲出学校，去和其他大学的游行队伍会合！"

"天都黑了，不怕晚上宿舍关门吗？"

"抵制美帝国主义！今晚我们就没打算回来！"

"操他妈的美帝国主义！能带上我们哥儿几个吗？我

们是师大子弟，我也是大学生！"

"都是统一战线的，不用客气，伙计，你们几个打头！"

于是，我们三个人就成了游行队伍的领头羊。

游行队伍里有学生带着小军鼓，但可能不太会敲，所以只是拎在手里涨涨气势。而马俨——我最早的"嫩刀"乐队的鼓手——虽然鼓技一般，但热爱朋克，有抄起鼓棒砸碎一切反动派的莫大能量。身高一米八三，留着一头长发的他，走向那位拎鼓同学，一把就将那个军鼓拽到手里，走到队伍前方，从怀里摸出鼓棒就开始"咚咚咚、咚咚咚、咚咚咚咚咚咚咚"地敲打起来。"音乐的灵魂是节奏"——我们的游行队伍被这位"爆裂鼓手"刹那间点燃，开始欢呼着迈出校园，沿着师大路昂首一路向西。虽然遗憾手边没一把吉他，但好歹我是位摇滚歌手啊，在马俨的军鼓伴奏下，我扯着沙哑的嗓子，吼出了第一句："起来，饥寒交迫的奴隶！起来，全世界受苦的人！满腔的热血已经沸腾，要为真理而斗争！"

这首《国际歌》早因唐朝乐队的演绎而深深铭刻在那个年代所有热爱摇滚乐的人心里，几百人的队伍开始齐声合唱，并不断感染着后面其他的游行队伍，整条师大路上空都响彻着我们的歌声。

师大路真短，我们才唱到"从来就没有什么救世主，也不靠神仙皇帝，要创造人类的幸福，全靠我们自己"，就已经走到了外院门口。一拨"娘子军"正用清脆如银铃般的天籁之音喊着"打倒美帝国主义！""中国人民不可辱！"昂首阔步从外院大门迈出。两支队伍光荣会师，双方像久违的战友重逢，紧紧握着手激动地对话着。

"姑娘们，Where are you going（你们要去哪）哇？"

"我们要冲出学校，去和其他大学的游行队伍会合！"

"天都Black（黑）了，不怕晚上宿舍Close Door（关门）吗？"

"抵制美帝国主义！今晚我们就没打算回来！"

"打倒美帝国主义！跟我们一起吧！We Are（我们是）师大的！"

"No Problem! Let's Go！（没问题！一起去！）"

二校合一的大队人马从师大路转战长安路，那时的西安大街上还没那么多汽车，路灯昏黄，夜色正浓。这茫茫大长安，吾等千余众一腔热血该洒向何方？杜凯伸出右手遥指马路斜对面："走，去政法！"

与师大、外院的激进相比，政法的学生们明显要理智许多，我们浩浩荡荡杀进政法大门时，竟然一支游行队伍都没见着，难道他们已经先我们一步闯到更大的世界去了吗？我们三个继续擂鼓唱歌，带领队伍迈向校园深处，好在政法的校园足够袖珍，几分钟后我们就目睹了新的革命根据地：操场——原来政法的本土大军，都在操场盘踞着呢！我们黑压压一片向操场席卷而来，领头的我快步向前，与友军的首领光荣会师。

双方像久违的战友重逢，紧紧握着手激动地对话着。

"你们怎么都在操场，不出去游行呀？"

"我们学校管得严，门口保安只让进不许出！"

"国家安危这么大的事儿，尔等安能静坐如斯？！"

"说得也是，敢问兄台你们是哪座山头的？"

"我们是师大、外院二合一代表团，特来邀请贵校共赴一线！"

"原来是兄弟院校！那我们一起携手闯出去吧！"

"时不我待，更待何时。出发！"

就这样，三支高校的游行大队混合编织在一起。在那个夜晚，黑漆漆的政法校园里，互不相识的年轻人，带着青春的躁动，为了祖国的尊严，手拉手团结在一起，唱着一首首爱国歌曲，高喊着"中华民族必将崛起"的口号。那一张张或兴奋或愤慨的脸上，印满了20世纪90年代大学生的烙印。他们从来不会思考买房买车的问题，也不敢想象十几年后数码产品的先进与普及，他们在那一刻渴望的，只是冲出校园，奔向外面未知而更广阔的世界。

最终，所有的人都冲出了政法大门，那股荷尔蒙的力量，谁能阻挡得住呢？

人群振臂高呼着，沿着长安路向北而去，迷茫的人儿总该有个目的地吧——钟楼，抑或新城广场？

我们三个精疲力竭，已跟不上大队的步伐：杜凯扶着膝盖，蹲在路边喘气；我的喉咙嘶哑，一句歌也唱不出；马俨手里的军鼓也早被别人接手——"革命"，总会有新人接班。我们互相看了看对方，又看了看手表，我问：

　　　　　　　　　　　　我在长安玩摇滚

"咱们还跟着他们去城里吗？"马俨摇摇头："走吧，回家睡觉！"

夜晚的长安路，一眼望不到尽头，那么漫长。我们三个，一言不发默默地向南走，在我们的背后，游行队伍的口号声越来越远，越来越小。

"打倒美帝国主义！"

"中华人民共和国万岁！"

"打倒……"

"中华……"

那次游行事件后没多久，我就开始准备复习考研。

那个时代，如果有考理工科研究生的学生，一定都听过"陈文灯"这个名字。他是国内考研数学的权威，他出的数学题集书，就是考研孩子们的"红宝书"。就好像考政治要读西安交大的任汝芬，考英语要读北京化工大学的朱泰祺。

我备考比较晚，决定考研时，离考试也就半年时间了。大三的暑假，我决定报几个考研班，突击一下。刚好陈文灯的暑期数学班在西安集中上半个月的课，我就去报了名，而上课地点就在政法。

那半个月时间，绝对是我人生记忆里难忘的炼狱之一。

考研班每天早上八点开始上课，六点就要洗漱出门，因为稍微晚去一点儿，就只能坐到教室最后的座位。上课地点在政法老校区里一间很大的阶梯教室，如果坐在后面的话，黑板上的字恐怕得用望远镜才能看清了。全城的考研学生都跟打仗一样，左手提着书本，右手拎着早餐，乘坐各种交通工具从四面八方云集而来，然后迎接可怕的一天。这种可怕，我现在回想起来甚至都会怀疑人生。陈文灯老师戴着金丝眼镜，头发未全白但明显已是位老先生，初看去似已衰老无力，待上了他的课才知道什么叫作"老而弥坚、老当益壮"。上午四个小时的课只有一次课间休息，约十分钟。授课期间，陈文灯嘴里一刻不停地讲，手上一刻不停地写，我们在台下不停地抄，大脑不停地想。毫不夸张地说，走神超过十秒，这课就跟不上了。老教授站如松，坐如钟，语速很快，手速更快，黑板上哗哗哗地写完一道题的解法，马上抡起板擦嚓嚓嚓地擦掉，紧接着又写下面一道题。那段时间，逼着我练就了一手速记本领。中午下课，匆匆回家吃饭，吃完洗把脸又赶紧奔赴政法，下午两点到六点继续四个小时的不停歇烧脑战斗。

高等数学、线性代数、概率论——这三门课现在想起来我都后背发凉，如坐针毡，很多个夜晚，我无意中翻起当年的课本，犹自不敢相信我曾学会过这些玩意儿。

半个月的数学考研班上完，我感觉自己智商情商都不约而同地下降了几个百分点，同时也对政法老校区产生了一种恐惧感。之后很多年，我再也没有进过那个校区，直到2017年春天，我背着相机去拍摄这次的校园主题。当我再次看到那座教学楼，想起那间曾让我笔耕不辍的阶梯教室，岁月流逝的恍惚感，竟让我无比怀念。不知道现在考研的那帮孩子，是不是还在追随陈文灯的脚步？

2000年伊始，我踏上考研现场，历时三天的死去活来。最终成绩出来，数学是我考得最差的一门，印象里只比国家线高了几分——但愿高出的那几分正是拜考研班所赐，也算对得起我那半个月的辛劳了吧。

读研期间的前两年，是我人生最悠闲的时光。上课爱去不去，作业爱做不做，每天除了吃睡玩，就剩下弹琴写歌了。有段时间，集中在家用我的破电脑录了一张六首歌的EP（迷你专辑）唱片 *I Kill You My Woman*（《我杀了你，我的女人》），是和我当时的"音乐合伙人""箱子"一起完成的：他主要负责贝斯和鼓，我负责吉他和唱。那个年代，用互联网分享歌还不太现实，一是没有上传空间，二是没有上传速度。每当回想起用56K猫拨号上网的酸爽，再想想现在动辄百兆的网速，真是忆苦思甜。所以歌曲录完以后，我决定还是刻成CD来分享。这张EP后来网上有了，虾米、网易、酷我等大平台至今也都收录着，也不知道他们哪儿来的资源。

那段时间的我，属于一个纯粹的"独立"音乐人，独立到连演出都不参加，只藏在幕后。也因这种幽闭，这张唱片我最后只做了八张成品！不知道算不算一个"发行量最小"的中国独立唱片纪录，其中五张送了朋友，两张卖给了两个外地网友，仅余一张唱片留给自己。

然后有一天，一个叫"安舍"的政法姑娘，突然告诉我："嗨，骑士，你那张CD还有吗？我买！"

这位安舍同学提出买我唱片的时候，我正在家维护我的网站：绿洲音乐网。那个时代，只要是西安爱听摇滚乐的年轻人，没有不上"绿洲"的，而我正是这个网站的创始人和站长，"夜晚的骑士"是我的网名。现在很多人都叫我曹老师，但如果叫我"骑士"或者"老大"的，都是当年最忠实的绿洲网会员。*I Kill You My Woman* 这张唱片的作者署名就是"夜晚的骑士"，至今很多人不知道是我唱的，他们留言道："这张唱片的歌手嗓音听着很像曹石，但又好像不是。"——的确不是，那是十六年前的骑士，那个时候，"夜晚的骑士"远比现在的"曹石"有名得多。

绿洲是2001年11月创办的，那个时期，也是后来很多著名的摇滚论坛起步之时，比如已倒闭的"中国地下音乐网"（简称"地网"）等。西安当时有一个小论坛比绿洲更早，名曰"角落音乐"，有六七个版块，以探讨另类摇滚乐为主。安舍，就是角落音乐上的一个版主。

绿洲起势很快，没多久就把所有爱摇滚的西安孩子都吸引来了，当然这和我审时度势及把握互联网趋势的眼光有关——我用了一年时间把绿洲从纯粹的摇滚论坛升级成一个音乐类的网络媒体——同时也离不开当时支持我的很多优秀的人才。那时我正年轻气盛，借着网络东风，不仅要坐稳西北第一音乐网络平台的交椅，还起了垄断的念头：把别的同类小网站都挤垮，唯我独霸天下。

现在想来，那时候意气风发的自己，多少有些骄傲也难免缺失包容。而最终让我回归平和，没再那么睚眦相争的人，正是这位来自西北政法的安舍姑娘。

　　安舍作为"角落音乐"的优秀版主，我是一直打算挖到绿洲这边的，我们加了QQ，我旁敲侧击几次，阐明我的意图：绿洲现在很火，会员也很多，你过来当版主更有成就感也更有发挥空间。她婉拒了，虽然她也常上绿洲，也发帖子，但就是不肯做版主。我曾经是有些不爽的，甚至很片面地觉得安舍是"不明大局"——角落音乐每天的浏览量和发帖量都在递减，很多会员都已转战绿洲网了，你却不"弃暗投明"？直到某天，我登录角落音乐，看到上面若干会员发帖聊天，颇有些气急败坏地说着绿洲网的坏话，而安舍作为版主在劝慰大家，她没有攻击绿洲，而是很淡然地告诉大家：绿洲有绿洲的优势，发展快速是必然的；但角落音乐也有自己的风格，我们不必抨击别人的火爆，只要安守自己的那一方净土即可。看了她的帖子，我深受感动，觉得这个女孩心怀明月，绝非寻常。那件事后，我再没挖过别人墙脚，和安舍也成了朋友。

　　我带着自己的CD去见她的那次，我们相约在师大路。时间过去许久，很多细节已模糊，印象里的她个儿高，肤色深，眼睛大，说话温柔。我们边走边聊了大概十来分钟，把她送到了政法门口，我把CD交给她，她给了我十块钱，完美的商品交易！

　　后来我们还碰见过两三次，但大多的交流都是在网上。不记得哪一天起，就失去了彼此的联系。那些年很多的朋友，都是这样丢在了路上：不是某次刻骨铭心的告别，而是时光荏苒里突然的揪心——那个谁谁谁去哪儿了？怎么不在我的世界里了？

哀雨阴、尸体、小猫、烟溢、痛苦的营养、白光、秦三世、哈哈、绿鸟、行走……别问我他们都是谁，我只是突然想写下他们的网名而已。

政法当年有一支"下级台阶"乐队，2003年左右出过一张录音小样，音质很差，风格不好定义，比较接近后朋克。那一年，西安的地下摇滚乐正是百花齐放的好日子，风格之繁盛，至今都未被超越。重型音乐有"四大天王"：腐尸、黏液、死因池、检修坦克，再加上散杀、206和思想者、腰斩；硬摇滚有伍个火枪手、美杜莎；朋克有No Name、充气娃娃；另类摇滚有GOSH、降灵、三点十五、手插口袋、支离；后朋克有紫13、走了、糜烂的水、下级台阶；而当时还极为小众的说唱、电子乐也都有人在玩。那段岁月绝对堪称西安摇滚盛世，大家虽都很穷，但都很执着，前途渺茫但乐在其中。

那时候还没有Live House（音乐展演空间）的概念，演出主要集中在几个酒吧，其中以八又二分之一（俗称八个半酒吧）为代表。那段日子也是我看演出最频繁的时光，基本每个周末都会去八个半酒吧玩，反正也离我很近——就在长安南路东侧，西安邮电大学与红专路之间。十块钱的门票，两个小时的轰鸣，看完演出在旁边东八里村吃碗烩麻食、啃个孜然肉夹馍、喝瓶干啤，回家去写篇观后感发在绿洲论坛上，然后和大家交流回味——是如今再也难以复制的周末夜生活。

　　我从来没在西北政法大学演出过，不管是老校区还是新校区，也不论是当年或组了黑撒之后。印象中距离政法位置最近的一次演出，是2007年12月，在政法新校区大门对面"盛世商都"里一个叫"星光俱乐部"的酒吧。那晚是一个摇滚Party，不少乐队参加，那也是黑撒成军后的第三场演出。我们倒数第二个上台，唱了四首歌，最后一首唱了《练死小日本》，炸翻全场。当时的黑撒还是个"重金属"乐队，编曲和演唱就一个字："燥"。那场演出中第一次有观众在底下为我们POGO（摇滚音乐现场的一种互动行为），也让压轴登台的西安著名极端金属乐队"散杀"的主唱——我的好哥们儿"三儿"——上台前悄悄对我说："老大，你们黑撒怎么玩得这么重，让我压力太大了！"

　　一晃多年过去，如今的黑撒洗尽铅华，被定义为各种风格：说唱、民谣、布鲁斯、电子、土摇……但再也没有人会把我们当成一支重金属乐队了，哈哈哈。

　　政法老校区的正门口，曾经有一家音像店"乐图"，是当年摇滚迷们常去淘碟的去处。那家店的老板叫石侃，是我从高中就认识的老相识。石侃身高一米八，留齐肩卷发，面目憨厚，颇像歌手付笛声。从我认识他那年起，他就一直做打口唱片的生意。他最初的店叫"绿日"，开在师大路上，就是在那家店里我第一次认识他，也第一次亲手摸到了电吉他——那是另一个有趣的故事了，在此按下不表。后来，他转战边家村黄金三角区，摆过一阵子地摊之后，在西工大附中旁边开了"乐图音像"，接着把分店落脚在南郊"八里村黄金三角区"的政法门口。

我以前经常周末去政法乐图转转，跟石侃聊聊音乐，顺便淘几张CD听。有段时间，他加入了西电的GOSH乐队担任吉他手，没事就在店里抱着把Epiphone（易普锋）电吉他练琴，我就在旁边点根烟听他弹，间或帮助来店里买碟的人推荐些好唱片。有天下午没事，我又晃晃悠悠过去，一进乐图，有个又黑又瘦的家伙正倚着柜台和石侃聊天，定睛一看，竟是张楚！

看到"活偶像"就在距离自己不到一米的眼前，我有些不知所措。张楚看石侃给我打招呼，也就礼貌地给我点了点头，我记得当时自己硬是挤出了一丝笑容，不让泪水流出。那几年正是张楚消失在音乐圈的时候，没有新歌也没有演出，甚至连点采访啊八卦啊都没有，我不知该如何搭话，只能指着柜台里一盘《孤独的人是可耻的》的磁带，问张楚："这盘磁带都出了十年了吧，现在还在卖啊？"

天知道我这个问题是在夸张楚长盛不衰，还是在嘲讽他江郎才尽……

反正，那一瞬间，气氛有些尴尬。

后来，互联网免费音乐下载越来越普及，打口唱片生意越来越难做。石侃也和另一个合伙人分家，重新回归西工大，在友谊西路上新开了一家"易听音像"，继续他的打口梦。

2007年黑撒第一张专辑《起的比鸡还早》出版发行，我和王大治骑着踏板摩托，载着一箱箱的CD，往西安的音像店亲自去送货。政法乐图是卖得最好的几家店之一，隔三岔五就打电话要补货。那张专辑最终再版过一次，总计销量近万张，是时音出品的最高纪录，也应该是西安摇滚唱片的销量纪录了。黑撒之后的两张专辑，都只发行了五千张，且迫于网络下载的压力，售罄后均没有再版，据说现在淘宝上被炒到了很高的价格。

去拍摄政法老校区的那天，我站在校门口沉默良久，当年的"乐图"已经被一家"法律诊所"取而代之。我知道，全城的音像店估计如今苟延残喘的不会超过五家。那些以往被我们这些热爱音乐的孩子视若伊甸园的地方，终究在互联网和智能手机飞速发展的大潮里灰飞烟灭，成为一缕缕炮灰，被人们忽略并遗忘着。但我固执地用这些文字记录下来，希望在我终有一天也会忘却之前，能留住更多他们的记忆。

"嘿！你为什么能记得那么多过去的事儿？"

"因为，那是我的黄金时代。"

打口岁月的摇滚启蒙

　　在互联网没有普及的20世纪，磁带是音乐传播的最主要媒介，而CD唱片作为后起之秀在21世纪之初淘汰了磁带。不过以MP3为首的数字音频格式，将CD唱片斩落马下所用的时间更短，对整个音乐行业的冲击，也是前所未有的。计算机和互联网是人类历史上最伟大的两项发明，不但改变了人们的思维方式，还改变了人们的生活方式。音乐版权一直在被"强奸"的境地里挣扎，唱片公司和音乐人从实体唱片上获得的收入几近可怜，却又完全无可奈何，Internet（互联网）就是如今最强悍的暴徒。

　　而在20世纪，唱片公司最大的敌人是音像盗版商。90年代，有眼光的盗版商，看到了摇滚乐在中国蓬勃的发展势头，开始在盗版港台磁带的空闲，顺带着盗印一批摇滚乐队的专辑。其中不少让他们发了大财，最著名的就是《黑豹I》了。也有些盗印国外的摇滚乐，在西安当年可以见到Metallica（金属之王）、Def Leppard（威豹乐队）、Micheal Jackson（迈克尔·杰克逊）、U2等多种盗版磁带，在资源匮乏的当年，我可是用零花钱全都买了。

不过，在1994年左右，西安出现了一个新鲜玩意儿：打口带。从此，无数的摇滚迷有了补给营养的最大途径！提起西安的打口时代，那可真是无比辉煌的一段岁月……

那年我上高一，同学里有个叫刘畅的，有一天课间神秘兮兮地对我说："听说你也听摇滚是吧，我这有盘国外原版带，毒药乐队的。"在我期待的目光里，他掏出一盘封面狰狞的磁带递过来。那盘磁带最大的特征，就是在盒子边上，有一道锯齿的痕迹。看到我诧异的模样，刘畅得意地扫盲："这叫打口带，是从海关走私进来的，在海关锯一道就不能在音像店里正规出售了，不过这可都是正宗外国货。"那盘磁带我拿回家听了十几遍，不知道是不是心理因素，确实觉得音质超好。那个时候的自己，其实也分辨不来混音的好坏，不过现在对比当年的摇滚乐录混音水准，中国和欧美的差距还真不是一星半点。

没过多久，各路小道消息传来，陕西省体育场门口有人摆摊专门卖打口带。我专门骑车子去见识了一下，真是一地的破塑料啊！价格当时是每盘两元，比起音像店正版引进动辄十来元，这可真是白菜价！我买了一盘，封面上赫然写着艺人名称是Public Enemy（公敌乐队），这名字我听着特摇滚。回家一听是说唱！哦，那个时候中国还没有说唱，我也还没开始喜欢这种形式，所以觉得买得特后悔。那个时候什么是真摇滚？问十个人会有九个半告诉你是重金属。可能还会有半个稍微专业点地说，除了重金属还有朋克！

后来据多位在那儿买过打口的同学说，买回去的都是说唱。于是，我放弃了。

但没多久发生的一个与打口有关的故事，又一次点亮了我的人生轨迹。

1994年的暑假，某个夜晚我和马俨、杜凯、赵勇几个伙计出去浪荡。回家路上要走过黑黑的师大路。突然发现路的北边开了家新音像店叫"绿日"。Green Ddy（绿日），这可是支著名的朋克乐队的名字，我们几个兴冲冲地进去。里面坐着两个小伙，一个高个儿，脸圆圆的，看着很憨厚，还有一个戴着眼镜站在柜台后面。玻璃柜台里摆着不少磁带和CD，最牛的是，居然全部是打口！我一眼相中一张Aerosmith（史密斯飞船乐队）的现场CD，还有一张滚石乐队的*Sticky Fingers*（《脏手指》），一问价，十五元一张。我那几个哥们儿也挑了几盘自己喜欢的。眼镜男看我们挺识货的样子，就和我们聊上了。原来这店当天才开张，货还没上全呢，我是又喜又忧啊。喜的是这下有不少好音乐可以听到了，忧的是，我怎么那么穷啊！写到这儿，不由得再次感叹现在的乐迷真幸福，不但什么歌都能找到，而且下载还方便快捷！1994年上高中的我，每个月零花钱才二十块啊！

眼镜男介绍自己叫闫彬，青岛人，那个高个儿叫石侃，外号"吉他高手"，还说他们还有一个合伙人叫王铮，这会儿出去吃饭了，说他绰号叫"博士"，因为王铮素喜钻研各种摇滚刊物，熟知各路外国乐队名称，没他不知道的！

话说着，外面风风火火进来一个黑衣卷毛小个子，闫彬说此人就是"博士"，我们几个肃然起敬，赶紧点头哈腰。"博士"倒没什么架子，当即给我们推荐了几个厉害的乐队，其态度谦逊真让哥几个受宠若惊。也许是这三位对刚开业就碰上我们几个摇滚同好，也有些兴奋上头，高个儿石侃当即表示要展示下"吉他高手"的风采。只见他跑到屋子后面隔间里摸索了半响，出来时竟然背着一把电吉他！电、电、电吉他！！天可怜见，那可是年少的我第一次近距离看到电吉他啊！那把琴的样貌我至今清晰可忆，深棕色的琴身，指板上到处是练琴留下的磨痕。石侃把琴接到一个小音箱上，扫了那么几下，我们被深深震撼了，哇塞，这真摇滚！我正沉醉在那吉他扫弦里，再抬头居然发现闫彬也背了一把琴，四根弦，这难道就是传说中的电贝斯？！我的小心肝儿瞬间沸腾了，当时心里的念头是："今儿算是见世面了！"石侃问我们谁会弹吉他，我们几个里面我水平略高，就试着抱过来弹了几句黑豹的 *Take Care*，竟仿佛大师附体，自己都觉得是天籁。这一屋子七个人其乐融融的场景，让我下定决心好好练琴，早日拥有自己的电吉他。

1996年冬天，我买了人生中第一把电吉他，牌子是Epiphone，咖啡色琴体、棕色指板。这把琴在我手里只停留了三天，这是另一个故事了。每个爱摇滚又学吉他的孩子，都会幻想有一把电吉他，我为此写过一首歌叫《给娃买把吉普森》。一晃这么多年，我还是没有一把吉普森，甚至家里的两把电吉他都很少再弹，演出时也最多抱着木吉他弹唱。但始终难忘的是第一次邂逅电吉他的惊艳。

事实上，石侃那把琴，只是个很不值钱的国产低档货，只是我当时对琴的品牌和档次还没什么概念。西安那个时候还没有一家吉他专卖琴行呢。有趣的是，好几年后，石侃那把旧吉他被赵勇买走，最后又辗转到了我的手里。而我有次带着它去绿洲琴行玩，走时随手放在了那里，隔天就被绿洲的老板刘淼以两百元给卖掉了，再想追回来已是杳无踪迹。现在它在哪里？谁又能识得此宝？

电吉他先放下，回到打口岁月。绿日的这三个老板，之后发生了很多戏剧性的故事。初识那晚的温馨场面再也没有再现。没过几个月，王铮和闫彬闹翻了，听说闫彬将瘦小的王铮打了一顿，而家住西安纺织城的王铮自然不服，叫了一群伙计过来，将闫彬痛打后扫地出门。绿日经此一劫，生意也每况愈下，后来王铮和石侃关系也崩了，似乎再次发生暴力事件，店终于关张了。王铮虽然身单力薄，但貌似嗜好打架，特别是和合作伙伴打架，1997年再次因为打口带上的矛盾，叫人打了他当时的合作人刘文。好吧，这个高潮迭起的历史事件，留到讲刘文的时候再说。

师大路是条摇滚路，有歌为证："三年前他和她相遇在，师大路的报摊。"好吧，我又王婆卖瓜了。但不可否认的是，师大路这条曾经很破，现在也不宽敞的街道，绝对充满摇滚范儿。就在这条既不热闹也不繁华的背街上，最多时有近十家音像店同时营业。而且除了前面提到的"绿日"，还有一家巨牛×的传奇店面——"锵锵"音像。

最早的时候，还没有"锵锵"这么掷地有声的名字，其实只是个露天小磁带摊，老板有两个人，一瘦一壮。锵锵出现的时候，绿日已经倒闭了，所以它的打口生意做得也是风生水起。一段时期的了解，我们知道了那个瘦老板是某乐队的前鼓手，而壮老板叫何波，因之牙口不太齐整，我们背地里给他起了个外号叫"坏牙强尼"——这可不是污蔑性的绰号，要知道"坏牙强尼"可是史上最牛×的朋克鼻祖乐队"性手枪"的主唱和灵魂啊！

锵锵的磁带水准不低，但整体价位偏高，作为贫困型摇滚迷，我也是常常望而兴叹。印象最深刻的是，有次豁出去在何波手里买了碎瓜乐队的双张专辑*Mellon Collie and the Infinite Sandess*（《梅伦犬与无尽的忧伤》），两盘打口磁带要了我一共四十大元！要知道，那可是20世纪，四十元可以吃十碗泡馍或者二十个肉夹馍的！

锵锵在师大路经营了一段时间，又辗转到西工大东门外，多年辗转之后，最终定位在小寨百汇市场。从此沾了喜气，飞黄腾达，特别是销售业务里搭上了盗版电影碟之后，业绩多年辉煌。至今仍牢牢占据百汇二楼第一家的醒目宝座！而且也和时音唱片成为多年的合作伙伴，帮着卖掉了不少黑撒的唱片，是与时音合作的音像店中最给力的一家。

　　2004 年，何波曾经来时音唱片找过我，谈一些深度的合作。希望能和时音联合，一起制作和出版几张西安本土的摇滚唱片。当时他信心满满，指点江山，我突然想起很多年前那个在烈日下摆摊卖磁带，常常憨笑着的"坏牙强尼"。

　　　　　　　　　　　　　　　　我在长安玩摇滚

梦回唐朝：
我的摇滚启蒙

1992年年末，伟大的唐朝乐队出了他们第一盘伟大的专辑。这盘专辑对整个华语音乐的冲击和影响力毋庸置疑，早已成为经典。在它出版发行的那一年，在西安这个古老的唐朝帝都，迅猛地让我醍醐灌顶了！我这个当时初三的少年，从此开了窍，踏上了摇滚的不归之路。

那是一个晚饭后的时光，我跑到马俨家玩，他拿出一盘磁带，封面上赫然四个长发猛男的头像，两杆交叉的红旗上方，书有"唐朝"两个大字。马俨介绍说，这是他哥新买的磁带，唐朝乐队，摇滚的。他将磁带放入"爱华"随身听，我戴上耳机。随之，轰鸣而来的失真吉他和主唱尖厉高亢的嗓音，一瞬间把我震慑住了。我从来没听过这种玩意儿，当时的感觉就一个字：燥！

这盘磁带被我借回了家，之后的两个星期，我除了那里面的十首歌以外，什么歌都没再听过。不断反复循环，A面听完了换B面，B面结束了再从头……完全沉浸在唐朝那些疯狂又宏大的音乐世界里。那时候我还不懂什么是失真吉他，也不懂什么叫贝斯，但看着专辑封面上那四个人的介绍，我悄悄记住了一件事：一个摇滚乐队里，需要有主唱、吉他手、贝斯手，还有鼓手！

那时候每天晚上做完作业，我就开始边听唐朝边翻看他们的歌词，那些歌词至今我都倒背如流。唐朝乐队诗化的歌词和港台流行歌的直白表达不同，而且他们作品里表现的意境和思想，也和港台歌常见的男欢女爱不同。对这种差异感，当时的我只能用类似"牛×"这样的字眼来表示崇拜。

后来我不情愿地把磁带还给马俨，顺道大大表示了自己的震撼和喜爱。然后我揣上十元钱，跑到小寨的外文书店，虔诚地也买了一盘。回到家，把那张歌词页展开、铺平，压在我书桌的玻璃板下。

再后来，爱不爱听唐朝，就成为我区分身边同学"档次"的标准。和我臭味相投的马俨、杜凯被我引为知己，从此成为一生的知交。而那些依然沉迷于"靡靡之音"的其他人众，就被我暗自鄙视。年幼的我，用如今的话说，当时内心深处一股艺术品位上的优越感油然而生！

再后来，黑豹、崔健、指南针、轮回、窦唯、张楚、何勇、郑钧……再到那些欧美的摇滚大牌——我成为一个只听摇滚并以听摇滚为荣的叛逆少年了！

2001年，读研究生的我和那时我的音乐伙伴巩春涛合作，翻唱了唐朝乐队的《九拍》。这首歌被我改编成布鲁斯风格，还发表在了《通俗歌曲》杂志上，并收在我的一张纯布鲁斯专辑唱片*I Kill You My Woman*里。算是对这个启蒙偶像的致敬吧，听说唐朝的主唱丁武听到我翻唱的版本后表示很喜欢，我很欣慰啊。

唐朝之后在1998年发行的《演义》被广泛拍砖（差评），认为是才华丧尽之作。其实我听过觉得还好，起码诚意和努力还在。但第三张《浪漫骑士》的确水准全无，我也对他们彻底失去了信心。不过国内早期的摇滚乐队大多结局如此，起步就达到了辉煌顶点，之后只能嚼着冷饭逐渐堕落，可悲啊。

1996年冬天，唐朝在西安易俗剧院办了一个专场，暖场乐队是西安当时著名的乐队之一"恐龙蛋"。那天我和几个伙计早早就赶到城里，买票进场。唐朝正在调音，鼓手赵年有那么几分钟就站在我旁边，当时他和我的距离只有0.05厘米，我多想上去要个签名，但天性害羞的我，还是没能鼓起勇气，于是不到一炷香的工夫，他走了……

到了晚上，剧院门口黑压压一片都是死忠粉啊！唐朝当时的主音吉他手已经换成重新回归的凯瑟尔，老五刘义君已经离队，贝斯手是顾忠。那晚所有的歌基本都是全场大合唱，印象最深的是唱《月梦》的时候，怀抱一把袖珍吉普森电吉他的丁武，闭着眼睛多次哽咽，我们都知道那是因为死去的张炬，张炬在当时的中国摇滚迷心里，无疑已是一个传奇，所以所有人也都跟着感动万分。那天结束后回家，我嗓子唱哑了，但心情依然激动无比。现在回想，曾经有那么多场美好的摇滚乐现场打动过自己。然而这两年，却鲜有过类似的感觉，不知道是我作为一个乐手麻木了，还是作为一个乐迷苍老了。

1995年，张炬因车祸身亡，堪称当时中国摇滚界最大新闻。之后各种媒体刊文悼念，北京很多乐队也出了拼盘的纪念专辑。而在西安，一个伤感的夜晚，我和马俨、杜凯三个高中生拎着啤酒，沉默地边喝边走，在陕师大漆黑孤寂的校园里徘徊，并以无比真诚的态度在大操场上为死去的张炬点起几支蜡烛。在那个理想主义的岁月，张炬的离世对我们几个不谙世事的少年，是一个沉重的打击。

随着成长，一个个伟大的名字从我们的生活里消失，而早已埋没在世俗纷争里的我们，也逐渐变得习惯和麻木，当从新闻里得知谁又死去的消息，也只是淡淡地表示遗憾和失落。在这样的社会里，摇滚乐变得越来越缺乏阳刚之气，或许也不足为奇。

2008年夏天，在西安大唐芙蓉园一个啤酒节开幕活动中，黑撒乐队作为嘉宾和唐朝同台演出。我们倒数第二个上场，而唐朝无疑是压轴。那是我最后一次看他们的现场，老五刘义君依然手指飞快，赵年也依旧情绪饱满，或许是状态不好，丁武的高音却一次次唱破或是改为降八度，我听得竟有几分不忍。他们金属乐的台风还在努力张狂，可这个时代，重金属早死了，除了最前排那些和我站在一起还在怒吼着跟唱的几十个人，剩下那些看热闹的观众举起的不是拳头，而是拍照的手机！这或许是我此生唯一一次与改变我一生的唐朝乐队同台表演，想一想，其实这是多么幸福啊。

摇滚主播和一只恐龙蛋

1994年某个夏日的黄昏，那时正读高一的我刚吃完晚饭，杜凯和马俨在楼下喊我，说晚上在南门体育馆门口有场摇滚演出。什么！西安也有摇滚演出了？啥也不说，三个人就坐上公交车直奔南门而去。

演出是在体育馆外面搭建的露天舞台，我们到的时候周围已经围得里三圈外三圈了。还好演出还没开始，我们硬挤到前面，找到合适位置站定。这可是我看的第一场摇滚现场啊，那份激动和兴奋，现在回想起来都浑身一激灵。也是从那次看演出开始，我下决心开始苦练吉他，打算拥有自己的乐队。

当天演出的乐队，如今回忆名字只能记得三支：恐龙蛋、东狮合、弹簧。东狮合与弹簧，后来都和我有过较深的交往，以后再说，此处单说恐龙蛋。

恐龙蛋出场的时候，底下一片沸腾，留着半长头发的帅气主唱颇有偶像气质。这时候我背后的马俨突然高举长臂，大吼一声："程刚你好！"而那位帅主唱循声转脸，向着我们的方向点了点头。我一惊，原来这恐龙蛋的头儿不是别人，是程刚啊！

程刚，何许人也？陕西广播电台最早也是唯一的摇滚节目《摇滚俱乐部》的主播，哦，对了，那个年代不叫主播，叫主持人。在那个资讯极度不发达，互联网还没普及，没有MP3，磁带一盘八块五毛钱，CD一张二三十元的年代，收听广播是年轻的中国乐迷们最大的信息来源。《摇滚俱乐部》是一档周播节目，每周三晚上黄金时段八点多开始播，时长一小时。其实现在想来，当时电台里听到的摇滚也都是大路货，无非围绕着那个时代最流行的涅槃、枪花、U2放来放去。最牛×的是，那时候所有人（包括电台）把U2不念"you two"（你们俩），念的是"油二"！我那时候是程刚的忠实听众，他的节目我不仅每期必听，还用家里的录音机录下来好多盘磁带反复回味。他的声音很有磁性，用现在的话说，很man（爷们儿）！不过我倒第一次知道，原来他也搞乐队，而且还是主唱！

恐龙蛋一口气唱了四五首歌，说心里话，那些歌太一般了，基本没留下什么印象。我当时的感受就是，程刚唱歌远远不如他主持节目，也就是说——他说的真的比唱的好听！

后来还在多个场合看过恐龙蛋的演出，记得键盘手是程刚的亲弟弟，弹得不错。

《摇滚俱乐部》这个节目若干年后换了个名字叫《摇滚摇滚》，我给他写过两封听众来信，在节目播出时还被读过一封，甭提多得意了。程刚在节目下，曾组织了一个听众俱乐部，我参加了，但没参与过活动。我到现在还收藏着一张俱乐部的会员证，这玩意儿太有纪念价值了！

　　之后随着我收藏的打口磁带越来越多，节目听得是越来越少了。突然有一天我发现这个节目消失了，心里颇有几分失落。是因为电台的体制限制，还是程刚自己的兴趣转移？不得而知。恐龙蛋乐队也随着这个节目的停播，悄悄解散了，但他们注定是西安摇滚的一枚活化石，在那个集体缺乏音乐意识和硬件条件的时代，留下了不可磨灭的一抹回忆。崔健在《红旗下的蛋》里唱到"现实像块石头，精神像个蛋，石头虽然坚硬，可蛋才是生命"，程刚和他的乐队，就是西安摇滚历史上那颗弥足珍贵的恐龙蛋。

　　陕西的广播电台，后来也有过一些和摇滚乐沾边的节目。比如西安音乐广播，张涛、陈涛主持的《滔滔不绝》，陕西音乐广播里彭超、花生主持的一些节目，陕西经济广播的cookie主持的《B面音乐》。但无论是收听率、影响力，还是存在的意义上，都与当年的《摇滚俱乐部》不可同日而语。

我的摇滚校友崔忠鹏

　　工科院校盛产书呆子、痴汉子、游戏疯子，像我这种把文艺情怀置于编程技巧之上的家伙，在学校里难免不被当作异类。所以一旦在校园里觅到个把知音，总有种相见恨晚的感觉，恨不得立刻掏心窝子，诉尽一生梦想。

　　那个年代，民谣尚未流行，摇滚也属偏门，整栋男生宿舍楼里传来的音乐不是四大天王就是欧美怀旧金曲，我偶尔用录音机在寝室外放几首涅槃、枪花、齐柏林飞艇之类，马上就会招致白眼甚至驱逐——"你听的这是啥玩意儿？吵死个人了！"

　　于是，我常常会在下午翘课去学校南门外卖打口的地摊闲坐，和卖磁带的老板聊聊摇滚乐和不被理解的青春。

　　那个磁带摊的老板其实也是校友，比我年长一级，高大英俊，打扮时髦，总穿着一身条绒西装，抽希尔顿香烟。他也学过几天吉他，不过手艺很差，常向我请教各种和弦的偷懒按法。我心里暗暗觉得他并非真爱摇滚和吉他，只是给自己增添些颜值之外的所谓才华，能更好地泡妞罢了。两年后他的摊儿不摆了，也很少在校园里邂逅他，听闻被年长的富婆包养了，这个消息让那时身边的人好生艳羡——不知现在如何，在那个年代，也许每个男人都有过不劳而获的梦想吧！

认识崔忠鹏，就在这个校门口的磁带摊儿上。

那时，我们学校里但凡有点摇滚爱好的"怪咖"，都会时不时来这个摊儿上聚聚。挑挑尖儿货，谝谝闲传，彼此交换一些摇滚圈的新小道消息。在互联网尚未普及的时代，这种"据点"就像一个露天沙龙或是个小众论坛，只为我们这些审美古怪的人开放。崔忠鹏那时候经常背着一个帆布书包，在下午放学后过来溜达一圈，一来二去，我们就认识了。

他着装特别朴素，中等个儿，较胖，小腿很粗。留着微卷的蓬蓬头，表情永远呆萌，笑起来无比憨厚，像个乡镇干部。说话带一口河北腔儿，英文单词更是混着醋熘味儿，我印象里至今难忘他说起披头士的名曲——"你们都听过没，我特别喜欢那首《"黑朱治"》（*Hey Jude*）！"

我们在地摊儿上聊过几次天，知道他是5系的学生，和我同级。西工大的5系是学航天航空技术的，校内俗称"学飞机的"，也算本校特色专业之一，课程难度很大，各种力学、电学、数学，非常人可驾驭。因为我们住同一栋宿舍楼，有次同回宿舍的路上，他邀请我去他寝室坐坐。进了他的寝室，我马上有一种遇到知音的感觉——他的床铺上摆放的书籍和磁带，明显与其舍友完全不是一个路数，这一点和我在寝室里的状况完全一致——他，肯定在宿舍里也遭到过同样的排挤吧！

那年我读大二，还在热衷于读古龙、王朔、三毛的作品。在他的床头书架上，看到的却全是不认识的书，他一本一本给我推荐，从凯鲁亚克到马尔克斯，从《伤花怒放》到《了不起的盖茨比》，还有大量音乐杂志的剪报和复印件，让我大开眼界。最后我从他手里借走了两本书，至今都记忆犹新，一本是塞林格的《麦田里的守望者》，一本是米兰·昆德拉的《生命不能承受之轻》。

之后几天我躺在寝室的床上，就着昏暗的台灯一边读这两本书，一边暗想：崔忠鹏，这个家伙不一般。后来的事实证明，我没看错。

他不会弹琴，也没有动听的歌喉，外表看着更是和摇滚乐没有丝毫关系。但正是这个其貌不扬的"飞机系"学生，在毕业后十余年内，投身于并一直坚持从事着和摇滚乐有关的事业！

本科毕业那年暑假，我只身去北京看望当时的女友。我们读的IT专业，那时候的"中关村"可是中国的硅谷啊！一大波同学都选择去首都就业，包括我的女友、我的琴友高岩，也包括崔忠鹏。

在北京我们匆匆见了一面，寒暄了不到十分钟。那也是我最后一次见他。没错，毕业后这么多年，虽然都在音乐行业内，但我们再也没有见过面了。

好在那时候，中国的互联网已经逐步萌芽，我们始终保持着网络的联系，我也一直关注着他的动向。这个忠厚的老同学，用一系列实打实的行动，开始了他的摇滚事业，并在中国摇滚史上一路留下自己不可小视的印记。

2001年初冬，我开始做绿洲音乐网的论坛，并很快沉浸于中国互联网急速发展的大潮中，每天都有至少八小时的时间泡在网上。那段时间，国内涌现出了不少与摇滚乐有关且个人为站长的网站，比如我曾在歌里提到过的"地网"（中国地下音乐网）、摇滚年、吉他中国、浪琴音乐等，大家沿着当年"高地音乐网"的步伐一起摸索前进。现在这批网站里硕果仅存的也只有越来越好的吉他中国了，唏嘘啊！当年那些和我在QQ上探讨着中国摇滚网站如何发展生存的充满理想的英雄站长，现在都在哪里，都在做什么？然后某一天，我发现了一个新的个人网站：大口袋（dakou.net）。

这个网站没有华丽的页面设计，也没什么资讯内容，它唯一吸引人的地方在于做打口磁带和CD的在线销售，而且销售列表里的那些音乐都非常小众而个性，完全符合现在流行的"小而美"的审美。我在"大口袋"里搜索到不少我心仪的唱片，而且是平时在音像店很难找到的，这让我颇有倾囊而出的欲望。不过那时候网上购物总让人觉得不踏实，毕竟淘宝啊支付宝啊这些高科技玩意儿还没问世，生怕钱汇出去后收不到货。于是我仔细查看了这个网站的资料，接着惊奇地发现，这个神秘的站长，竟是崔忠鹏！

通过发送邮件，我们交换了彼此的QQ，交流后得知，崔忠鹏在北京工作了一段时间后，不甘堕入理工男的枯燥人生，辞职后创办大口袋，专心在网上卖唱片。那个年代，电子商务模式在国内还未建立，靠网络销售赚钱在很多人眼里都是天方夜谭，包括我。现在想想，相比这个老同学，我还真是略有点鼠目寸光。他把国内充满"地摊儿气质"的打口文化，凭一己之力搬上了高贵的因特网，堪称网络先锋文化传播的先驱！

我们在彼此的网站挂上了对方的友情链接，我也不时点进大口袋关注下他的动态。他通过自己的网站，充分展现了在独立音乐上的品位，售卖的唱片得到了很多乐迷的追捧，我也在他的网站上了解到很多国外的小众乐队。崔忠鹏也慢慢在圈内有了名气，很多人亲切地称他"老崔"，赞赏他为当时贫乏的网络音乐资源做出的贡献。

但是几年过去，随着互联网音乐下载的疯狂趋势蔓延，他的唱片销售越来越不景气。不过崔忠鹏又一次表现出了他憨厚外貌底下隐藏的精明，他开始把销售重心从音乐转移到了独立电影。那时的大口袋提供很多国内外优秀电影的刻盘服务，从VCD到DVD，从《披头岁月》到《北京杂种》，反正在外面淘不到的尖儿货，他手里却是一大把。印象中他卖刻录影片售价不菲，加之刻盘成本低廉，且几无竞争对手，相信那段时间他赚了不少。

崔忠鹏是个执着且有野心的人，他后来又一步步地走得更远，多次刷新了我对他上限的认识。

2006年左右，他创办了一本音乐有声杂志《口袋音乐》，内容以介绍小众音乐为主，从设计、组稿到编辑、发行，全部都是他自己做的。那段时间国内音乐杂志还未式微，《通俗歌曲》《我爱摇滚乐》《音像世界》《非音乐》《甲壳虫》都风生水起，摩登天空也在发行自己的音乐刊物，《口袋音乐》硬是靠内容差异化，在夹缝中求生存，艰难地活了下来。与其他以主流摇滚为主的杂志不同，崔忠鹏在他的杂志里主推各种另类音乐，后来慢慢才在国内成气候的后摇、Shoe-gazing（一种乐队表演时的独特表情，这里指的是"自赏派"音乐）、实验电子等风格，都是《口袋音乐》的主打——这也足以证明，此人的音乐品位是很超前的。

他的超前性，还体现在他挖掘的音乐人上。比如香港的My little airport（我的小型飞机场），还有一些彼时名不见经传的民谣歌手。

2007年秋天，我和音乐伙伴王大治、"箱子"在西安创建了时音唱片，准备做西安原创音乐的挖掘和推广。那年我们录制了一张唱片《掩灰的色彩——西安独立音乐合辑VOL.1》，在做推广时，我找到了崔忠鹏，希望他在北京帮我做销售。他当时提出了一种合作方案：他帮我卖唱片，但不跟我金钱交易，而是给我同等价值的其他唱片来交换。

那次他寄给我的一箱子CD里面，就有他之前提到的那些歌手的唱片。如今火得人畜皆惊的人，那时候还不为人所知。那次他还给我推荐了他挖掘的另一个歌手，叫杜昆。那些歌，当时我都没听出什么感觉，私下对崔忠鹏也是颇有怨气，唱片自然也没在西安卖出去。那几年中国最火的是新金属、说唱金属、EMO（情绪化音乐）什么的，民谣还没什么市场。后来有一年我去丽江，在酒吧听到有人弹唱一首民谣，旋律简单歌词伤感，听得我热泪盈眶，我问朋友这是什么歌这么赞，朋友略轻蔑地瞅我一眼，道："这么牛×的歌你都不知道？"我一查，竟是当年崔忠鹏推荐给我的歌手之一。

那一瞬间，我真想给崔忠鹏打个电话，表表敬意。

这些年来自他的消息，负面居多。互联网发展太快，很多跟不上节奏的人都被互联网泡沫清洗出去了，我也早抛弃了自己当年一手打造的绿洲音乐网，玩玩微博、逛逛豆瓣、刷刷知乎，混迹于全民狂欢的草根网络时代。大口袋网站、《口袋音乐》自然也难逃幸免，都成了少数人的记忆。

随着淘宝、京东们的兴起，虾米、酷狗们的肆意，优酷、迅雷们的霸道，打口唱片、盗版影碟也终于成为历史。崔忠鹏的生存之道一个个被湮没，我也渐渐失去了他的讯息，直到有一天我从圈内朋友那儿得到一个新料：崔忠鹏要做音乐节了！

他的品牌叫"梦象"音乐节，名字听着就很理想化。艺人阵容除了前面提到的杜昆、My little airport，还有万青、田原、与非门、卡奇社等，各种清新独立。于我来说更大的亮点是台湾的旺福乐队和冰岛的Bang Gang，都让我有"活久见"之感。崔忠鹏曾在QQ上跟我提议让我也对"梦象"音乐节投资——"十万八万也行"——可以获得门票分成和几张赠票，我婉拒了。国内现在音乐节泛滥，草莓、迷笛、张北、热波纷至沓来，我总觉得"梦象"蹚这浑水未见得能成。而且，他居然没邀请我的乐队参演！哈哈，这是玩笑话，身为一个"土摇"乐队的主唱，我深知和他的音乐审美也是不符的。

后来，"梦象"确实出现了很多状况，我在微博上看到无数吐槽，很想给他留言鼓励几句，却又不知怎么开口。不过我相信以崔忠鹏的韧劲和精明，肯定不会彻底垮掉，我等着看他东山再起。

前段时间我回了趟母校，友谊东路127号。校园内依然人潮涌动，梧桐树依然巍峨矗立，戴着眼镜的学弟学妹们一手拎着饭缸饭盆，一手捧着数据结构或是材料力学的课本，教室到食堂两点一线，欢声笑语。而我们当年热闹非凡的13号宿舍楼，却早已被夷为平地，"沦"为本城最受吹捧的重点中学——本校附中的校舍。

在那寒窗四年，我们唱着摇滚、鄙夷天下、挥斥方遒，那一切，都随着宿舍楼上涂抹的大号红色"拆"字，灰飞烟灭。而记忆里的人和事，却依然清晰如昨。

每一首歌、每一本书、每一回交流、每一次大笑。

他们、她们、它们……都永远地，镌刻在我的黄金时代。

刘翔杰的行为艺术摇滚

唐乐宫北楼606室，穿着件白衬衣、留着山羊胡须的刘翔杰正坐在我对面侃侃而谈，唾沫横飞："西安的年轻人需要行为艺术，摇滚乐可以和行为艺术结合起来！"

那是2005年夏天，记忆里格外炎热。

这个夏天，我和马蜂刚把时音唱片的工作室从鲁家村搬到位于长安路的唐乐宫来，这儿的地理位置更好，交通也更方便。那几天我们正在大搞装修，屋里除了一些破建材外空无一物，我的这位客人拒绝了我递过去的唯一一把椅子，一屁股坐在刚从厕所里拆下来的旧马桶上，就这么口吐莲花进入了聊天模式。火热的六月，没空调甚至连风扇都没有的房间里，正常人很难待得住，但刘翔杰就这么坐了约三个小时没动，滴水未沾，嘴皮子几乎没停，给我俩扎扎实实地讲了一课，一堂有关文化、艺术、理想和现实的课。

"听课"期间，我曾多次想找借口逃离——这伙计，电话里不是说好来谈合作的吗？怎么改上课了？！我和马蜂一句话也插不上，起初还间或发出"嗯、哦、对、就是"的附和声，后来只剩下机械的点头动作了。这种不对等的交流方式，于我而言非常乏味的，点了根烟，茫然地看着对面那频繁一张一合，不断冒出各种艺术词汇的嘴巴，我的思绪开始游离，多年前的刘翔杰在我的脑海里浮现。

　　其实之前，我也仅见过此人一回。1997年由程刚组织的陕西文艺广播电台"高校摇滚巡演"第一站，来到我就读的西工大。那晚的演出在学校的东方红广场，露天又免费，所以挤满了观众，不仅有本校的学生，还有很多周边学校的学生慕名而来。拥有天时地利人和的我，早早就在舞台下第一排正中间抢占了有利位置，还拿了能录音的"爱华"随身听准备把现场录成磁带。当晚陆续登台的有沸点、撞击、东狮合、无尘、飞、菊花与刀等乐队，不断掀起一阵阵的现场高潮，底下的观众都兴奋无比，我和身边几个朋友也是听得群情激昂，又唱又跳。谁也没有想到，最后一支乐队的登台表演，却给当晚的演出画上了一个古怪的句号！而这个压轴的怪家伙，就是刘翔杰。

　　刘翔杰的表演与其说是摇滚乐，倒不如说是一个行为艺术。首先乐队里除了他这个主唱，只有两个人——鼓手哈哈和吉他手高松——都来自飞乐队，且连个贝斯手都没有。而他穿着一件无比非主流的破长衫，脖子上系着红领巾，手里提着一只小破锣。这个出场造型倒是赢来了底下一通叫好，大家觉得这哥们儿看着挺个性的，应该"很摇滚"。谁知一张口吓了大伙儿一跳，这唱的是什么啊！居然是陕西方言，而且又像唱戏又像胡喊，没有一点正常旋律。而配合他"演唱"的吉他好似一通瞎弹，鼓的节奏也完全自由发挥，整首歌听起来就像是个闹剧！

现在回想起来，刘翔杰当年的现场真挺牛×，毕竟那是1997年，那时候国内最火爆的是"涅槃"式的Grunge风格，而他这种表演性很强，意识又很前卫的舞台演出是很超前的。可那会儿的观众哪受得了这个！大家起先还挥手呐喊，努力想"融入"，逐渐抓不到拍子，只得安静下来希望能够"听懂"，但渐渐失去耐心，大眼瞪小眼左顾右盼起来。我估计当晚大部分歌迷有一种"被侮辱"的感觉——这孙子在台上搞什么呢，玩我们呢吧？！于是，每首歌结束后掌声越来越稀落，而起哄声却越来越大。刘翔杰倒是一脸无辜又无所谓的表情，硬撑到了最后一首。这最后一曲名字不记得了，只记得他在高潮部分把手里的破锣敲得铛铛作响，不断地大声吼着："我就当你放了个屁咧！我就当你放了个屁咧！"当这"副歌"循环唱了十来遍时，观众彻底失去了耐心，开始纷纷对着舞台竖起了中指。一部分观众指着刘翔杰怒骂起来——"你他妈的放屁呢吧！""放你的狗屁吧！""我们就当你放了个屁！"骂声分贝之高逐渐盖过了台上，更多的观众开始边骂边退场。

舞台上的刘翔杰，依然不为所动，扯着嗓子，青筋暴突，对着麦克风撕心裂肺地吼着，而且随着伴奏的加速越唱越快——"我就当你放了个屁咧！我就当你放了个屁咧！"——这一幕，就好像电影里最华丽的一帧，定格在我的回忆里。

后来在圈内的传说里，慢慢了解了此人的背景。西安美院雕塑专业毕业，据说雕塑水准很高，后来搞摇滚，写的几首歌都是用陕西话唱的，比较有名的除了那首"放屁"外，还有一首《算黄算割》，被收在《西部大摇滚》的合辑磁带中。那段时间，我正迷恋"涅槃"和各种英伦摇滚，对这种"土得掉渣儿"的玩意儿自然不屑一顾，也就渐渐淡忘了此人。一晃几年后，偶有听闻刘翔杰的事迹，知道他开始正式钻研行为艺术。在西安这座比较保守的古城，行为艺术在那些年可是动物凶猛，大家说起刘翔杰虽然都是用"神人"称呼，但未见得是褒义。

2005年，我接到了刘翔杰的电话，说"想聊聊"。电话里多问了几句，原来他现在致力于行为艺术的推广，希望和绿洲音乐网以及时音合作，一起办些相关的演出活动，把摇滚乐、行为艺术、诗文化等结合起来。那时我已经开始写陕西话的歌曲，黑撒的唱片虽还没完成，乐队也没组建，但已经创作了《练死小日本》《秦始皇的口音》《给娃买把吉普森》等作品。想一想，最初自己萌生用陕西方言写歌的灵感，很可能是从刘翔杰1997年的演出之后潜移默化而来。这位哥，可是真正的陕西话摇滚第一人啊！于是，我们欣然相约在唐乐宫时音新址见面，我满心希望能和这伙计好好交流交流，顺带表达下受其影响的致敬。谁承想，这个"神人"又神了一把，把一场"双边会谈"硬生生搞成了"独唱团"。

从回忆里跳出来，对面马桶上的刘翔杰依然谈兴不减，语速时快时慢，音调忽高忽低，大谈行为艺术在西安的发展前景，还时不时地捋捋胡子——这老哥真有点仙风道骨了！

终于挨到了"会谈"结束，刘翔杰貌似很是尽兴，从马桶上站起来，拍拍屁股说："走，咱几个去吃个晚饭吧。"我和马蜂连忙赔着笑摆手谢绝，一瞬间心里都有择路而逃的冲动。三人一起下楼回家，因我和刘翔杰都向南去，于是过马路去等往南的公交车。

在等车的时候，"神人"再次用一句话震撼了我脆弱的神经。公交车站旁矗立着几棵大树，我俩站在一棵树下各自等车，均未发言，旁边还站了个二十来岁的漂亮姑娘也在等车。刘翔杰许是觉得无趣，伸手抠起了树皮，树皮纷纷被抠落在地。然后，他突然把鼻子凑到树干被他虐过的伤痕处，做闻嗅状，闻过后还微微点头，脸上呈现满足的表情。我有些诧异，心想这梧桐树有什么好闻的？他转过来，对着我莞尔一笑，又看看旁边那位姑娘，很神秘地说道："这棵树，散发着一股精液的味道！"

故事的结局是，那个姑娘愣了一下，并鄙夷地转身远离了这棵"精液之树"。而我，慌张地说了声"我的车来了，再见"，然后迅速跳上一辆迎面开来的连车号都没顾上看清的公交车仓皇而逃！

弹吉他二十年

我是个吉他手。

大多数的时候我会给自己定位是个歌手、词曲作者或者是制作人、录音师什么的——总之是一些我干得还不错，而且比弹吉他要更出类拔萃的行当。但最终我发现我更热衷的身份还是吉他手。弹吉他，对于我始终是一件美好的事情。有时候会想，如果很多年前，我没有拿起第一把吉他，而是选择了其他的玩意儿，那今天的我，还会是我吗？

学习弹吉他，要归功于大我十岁的大姐。记得我还是小学生时，妈妈买了一把金雀牌国产木吉他给了她。那是一把真正的"普及琴"，除了便宜没有任何优点，但大姐用这把琴以半自学的方式，掌握了"53231323"，以及大部分的开放式和弦，并可以进行简单的弹唱。我常常偷听她用磁带录音机录下的弹唱歌曲，其中那首《红河谷》给我的印象最深。在我上大学时，利用暑假在酒吧唱歌打工时，便很爱唱这首加拿大的民谣……

姐姐最终还是放弃了这个爱好。这很正常，无可厚非。生活中美好的事情太多太多，不是每个人都会执着于吉他。于是，我弟承姐业，拿过了这把被遗弃的吉他——那是1994年，我上高一。初学吉他，我和那个时代所有的孩子一样，从一首古典名曲《爱的罗曼史》开始。只不过和原版不同，左手只用一根手指，始终在1弦上移动，我们称之为"单弦版"。差不多一个星期，当我已能熟练地演奏"单弦版"《爱的罗曼史》，并因给班里一位酷爱文艺的小辫子女同学表演获得赞叹之后，我已经下决心把这件乐器当作"人生的事业"去面对。

考上大学后，我从我妈手里软磨硬泡要来两百元，买了属于自己的第一把吉他——阳光牌，依然是国产，但已经是把真正的民谣琴了。从此我的大学课余生活便被练琴填满，除了吃喝拉撒睡和上课做作业之外，大家眼中的我永远坐在我那位于上铺的床上，抱着吉他叮叮咚咚地练习。宿舍的舍友最爱说："我看你就是有了媳妇也没这么亲！"

有一次半夜宿舍熄灯后，我依然舍不得放下琴，在黑暗中继续沉醉地练习。我下铺的兄弟终于按捺不住，跳起来用鞋砸我的宝贝吉他妄图制止我，这个举动最终导致一场同室操戈，我赢了武斗，却被大家集体弹劾，罚我以后练琴只能去楼道，我也因此获得了"楼道琴魔"的赫赫威名。无数个熄灯后的夜晚，黑漆漆的楼道里只见一个凳子立于其间，一个翩翩青年盘腿坐于其上，怀抱一把吉他拨动琴弦，面目时而陶醉时而狰狞，常吓得半夜出来上厕所的同学一激灵。

时光一晃，那把阳光牌吉他被我签名后送给了一位开酒吧的朋友；时光荏苒，那个酒吧连带那位朋友都已消失，琴去了哪里更不得而知。后来的我，还弹过很多把琴，这个月又从网上代购了把美国小马丁旅行电箱吉他。弹吉他二十年，虽技艺粗陋，却始终是最不可磨灭的爱好，而那些与吉他相伴的时光，也是生命里最难忘的回忆。

华丽着，亮起你的青春
——小记绿洲五周年摇滚音乐节

冬天真的来了。我们轻轻地呼吸，会产生水雾，消散在空气中。

当夜晚来临，有音乐钻进耳朵，我们张开口，呐喊出青春的最强音。

2006年11月17日，下班已经下午五点半了，我迅速坐车赶到南门。第一次去MOONKEY（月亮钥匙）酒吧，所以找到它还是费了点周折。赶到的时刻，开场的"妖精"乐队已经开始了。时音的诸位已经把CD陈列在展台，灿烂火热的"绿洲五周年演出海报"真让我感到亲切。进了场地，发现这里比我想象的要大，而且这次的音响设备也很不错。这时候在台上的已经是法国的乐队了，戴着眼镜的丰满女主唱从嗓子里发出奇特的叫喊声，而器乐则暴烈且尖厉。我可恶的耳朵总会惧怕实验性的声音，所以最终放弃了聆听。

24 HOUR PARTYPEOPLE（24小时狂欢派对）是个新乐队，我在想，他们的乐队名是否该改为"24 HOURS PARTYPEOPLE"（24小时的狂欢派对）？吉他手、贝斯手是两个酷酷的女孩，而主唱则是个活泼的帅哥。他们的音乐简单而利落，有点20世纪70年代车库摇滚的感觉——似乎现在越复古越时尚？我很喜欢他们的作品，是那种可以安下心听进去的音乐。

接下来是NAZIK.T乐队，又一支新乐队亮相。我觉得这次绿洲音乐节最大的亮点，就在于这些新面孔的首次登台。西安是藏龙卧虎的地方，你永远不会对这座城市失望！刘鑫是NAZIK.T的主唱，他戴着马戏团小丑的红鼻头，古怪的妆容充满视觉冲击力。但音乐一响起，我就喜欢上了这种声音。坚硬有力的节奏、冰冷的采样音效、深沉爆发的噪音，又不失编排的细腻。音乐的动人加上视觉效果，NAZIK.T绝对是未来值得关注的一支生力军。

DJJ.C接下来播放了一段氛围很浓的电子乐，最后转到了《废城甜梦》里那首收尾曲《闭的出口》。我觉得他一直在进步，无论是技术还是意识。

JACKASS和Crazy Box（疯狂盒子）都没有看完，因为中途被朋友叫出去聊天。再进去的时候看到了立体声法兹乐队。高昊留着卷曲的长发，但他演出的气质没有变，和好几年前"拆"乐队那时候一样。《调情》《冰魂》这些我熟悉的歌，还是打动了我。我欣赏那些能坚持自己热爱的事物的人，无论成功与否。

XXX是当天我觉得现场最棒的乐队，从*It´s f**king time*开场，就点燃了一帮死忠粉的热情。万滔的唱腔我太喜欢了，变化多端的诡异小调和撕裂般的怒吼，他自由驾驭着整个乐队的情绪起伏。XXX的现场越来越完美了，他们是很认真的乐队，这也是他们一直进步的原因。天分固然重要，但一旦失去勤奋，也是无法进步的。

NONAME（无名）的出场让一帮Punk（朋克）迷兴奋无比。我喜欢他们那些旋律简单上口、爆发力十足的歌，当听到*NONAME*这首歌的时候，我忍不住一起边唱边跳了起来。姚睿在台上说了很多话，应该是比较真诚的表达，NONAME中每个人的状态都很好，这让他们的演出很棒！

"瑞王坟"最后一个上台，此时已经晚上十一点，不少人已经去赶末班公交车了。但乐队的哥们儿丝毫没受情绪的影响，依然很卖力地投入演出，他们的歌旋律很好听，而且快乐。如果时间不那么仓促，我想他们会赢得更多的掌声！

打车赶回家的时候，已经快半夜一点了。直接关灯上床，耳朵里还是无数朋克的音符在响……

2006年11月18日，下午就到酒吧来试音。因为晚上我要表演，可排练的仓促让我无法进入状态。天依然很冷，手指会冻僵。可我知道，音乐的力量会点燃一切，包括恶劣的天气。

赵星开场表演的时候，观众也许还在陆续进场。此时，我正和乐队的几个人缩在酒吧外一辆面包车里抓紧时间做最后的排练……有点狼狈的状态，反而让我觉得放松起来。

"仁义堂"最后唱了那首《爱是给予》，很好听的作品。不过两个女孩子的和声还不太理想，可能也是因为排练仓促吧，音准上存在很大问题。但我还是把掌声给了他们，因为Hip-Hop（嘻哈、说唱音乐）是自由的。

腰斩乐队表演的时候，我正在酒吧门口督促马蜂同学背歌词……

脉冲上台了，这是李超做主唱后，我第一次看他们的现场。李超的舞台不错，和我印象中的他不同。脉冲的作品很注重旋律感，两把吉他也编得很细，这是一支好乐队的标志。脉冲在台上的整体形象很好，和他们EMO风格的作品很配。

DJ7-1搬着繁杂的设备上台了。我喜欢电子，也喜欢搓碟，所以我喜欢DJ7-1。当然，现场印象最深的无疑是那段"现场电台采访"，尤其是那个操着一口河南腔，喜欢朋克、金属、歌特、电子、说唱的"大婶"，这段玩意儿给绿洲五周年之夜带来暖暖的节日气息，我知道这是他们特意留给我的礼物。

下来就是"Black Head"（黑撒）的表演时刻了。该算是什么风格呢？和录音室里的饶舌风格不太一样，木吉他和手鼓、手铃结合在一起……姑且称之为蓝调民谣吧。我在开口唱《秦始皇的口音》第一句的时候，就适应了这个舞台，因为我喜欢自己的歌，那让我们快乐。我看到人群里有熟悉的面孔在合唱，这使得我们更加投入。而《练死小日本》会有那么多人在合唱，让我觉得这是一个多么有趣的体验！如果不是该死的时间总那么不够用，或许我们真该再多排练一首歌。

未成年吉他天才——我喜欢这么称呼这个孩子——弹的大师金曲，基本原版，我自愧远远不如。我们在想，十年后，这个家伙会有多么疯狂……

散杀带来了最强烈的POGO，鼓机的声音出奇低沉和密集，效果太棒了。那些极端音乐爱好者一定很high，我看着三儿在台上的感觉，心里非常高兴。散杀这么多年一路的成长，我一直在看着，他们有过太多的失意和挫折，也有过太多的伤怀和逃避，可当他们最终选择站在舞台上时，已经无比厉害！我会永远支持散杀乐队，虽然几年前我曾在台下嘘过这支乐队，也曾在绿洲上发帖批判过他们，但这些年过去，我已经坚定地站在他们那边了！

很遗憾没看到北京"奇幻之旅"乐队的演出，因为那时候我实在饿得不行，跑出去吃饭了。下午看他们走台时，就觉得是支不错的乐队，吉他手的演奏很有美国根源乐队的味道。

Hush带着玩世不恭上台了，演出前小谢给我说，他晚上要跳舞，他果然做了。我喜欢Hush，喜欢他们的生活态度，喜欢他们简单好听的歌，喜欢这些认真做事的人！他们的每一首新歌，我都要学会的。

最后一支乐队是"伍个火枪手"，和第一天最后的情形一样，这时候台下的人少了。但当《遇见》唱起的时候，大家都疯狂了，今天火枪手们的感觉太棒了！我也站在人群里，加入合唱和摇摆的行列。小刚的嗓子有点尴尬，但他今天的表现，却是我看过伍个火枪手所有表演中最棒的！每一位乐手也都尽情地表演着，我被深深地感动了。每一首歌我都投入地跟唱着，直到最后一首《追梦》达到顶点。我爱这样的感觉，这是我心目中的摇滚Party该有的滋味！

在站歌《永远的绿洲》响起的时候，两天的演出全部结束了……如此多的乐队，如此长的演出时间，如此high的感觉，是好久没体会过的。我欣慰于西安独立音乐的繁荣，也感动于每个执着于音乐的人的心态。如果说绿洲是我们的家园，那么摇滚乐的精神就是驻扎在这家园里的旗帜！希望绿洲音乐网能一年一年带给大家更多的快乐和帮助，也希望我们西安的原创音乐会持续这快乐的瞬间！

绿洲音乐网七周年纪念

七年，是怎样的一个时间距离？

七年前，我还是个学生。而绿洲音乐网，那时还是个婴儿。

七年后，我早已被生活磨炼得刀枪不入。绿洲，也已经有了数万会员，热闹非凡。

那最初的记忆，仿佛只是转瞬之间，又似乎已经相隔好远。

就好像人生、爱情、梦想——你无法预知未来，更无法重回过去，能做的只是把握现在。

2001年的冬天，我把自己关在一个杂乱又狭小的出租屋里，足不出户、夜以继日地坐在电脑前，建立了这个网站。那一年，我唱着蓝色的旋律，在家里录了一张叫 *I Kill You My Woman* 的唱片。

2002年的冬天，绿洲网已经有了好几百个会员。我每夜在论坛上和那些未曾谋面的网友灌水、交流、研讨。

2003年的冬天，我已经离开了校园开始上班。那一年，我和马蜂、"箱子"创建了时音唱片，录了一张西安的摇滚乐合辑。我给唱片起名叫《掩灰的色彩》——在西安灰蒙蒙的天空下，我相信一定暗藏着七彩缤纷。那一年，绿洲的会员数快要上万了；那一年，我悄悄写了一首歌叫《练死小日本》；那一年，全国被"非典"笼罩着，出门习惯性戴口罩，可当夜晚来临，我们有网络，有音乐，有绿洲，有快乐。

2004年冬天，我住在西高新一个偏僻的小区，那里的夜晚既孤单又寒冷。我曾经想过放弃自己的梦想，在追求音乐的道路上，带给我无尽的快乐，也给过我难弃的痛苦。那一年，因为一些原因，绿洲被网监关闭了好几个月，很多人就那么消失了，至今我也无法知道他们是否重新换了ID潜藏在这里，或是早已丢在了茫茫网际。可我想念他们，他们曾在我最无助的时候，用无私的热情支持和温暖过我。

2005年冬天，我写了《永远的绿洲》这首站歌。我的邮箱里收到了那么多会员热情的祝福录音，我把这些声音剪辑进歌曲里，直到现在听起来，我都会感动。那一年，绿洲四岁。那一年的最后一天，在录音棚里，我和马蜂写下了《妄想狂的爱情歌曲》，有些故事会在风里飘远，但它们永不会离开我的记忆。

2006年冬天，绿洲第一次办了站庆活动"绿洲五周年

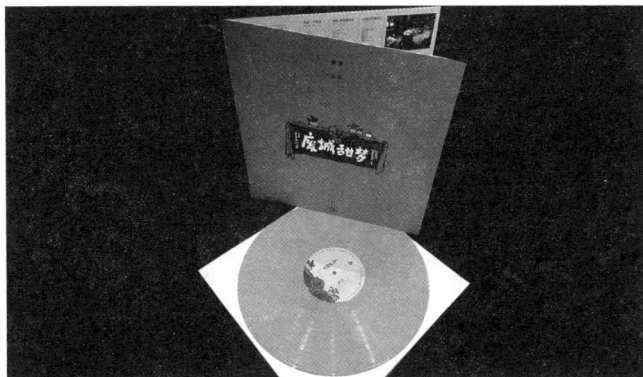

黑撒第四张《废城甜梦》专辑

音乐会"，两天的摇滚盛会，当时几乎所有西安的乐队都参演了。黑撒的乐队雏形也参与了，虽然只演唱了两首歌，但那份快乐难以言表。从1998年以后，我就再没登过舞台了，时过境迁，我终究还是重新走到了台前。那一年，时音出版发行了第二张西安摇滚乐合辑，这次我为它定名为《废城甜梦》——我爱这个名字，因为我相信很多人和骑士一样，行走在人流之中，心中怀揣着伟大的梦想。

2007年冬天，黑撒的专辑《起的比鸡还早》出版发行了。我完成了很多年前的一个心愿。那一年，绿洲的服务器第N次搬家，网站和论坛第N次改版。那一年，我想通了一个道理：不管它是技术交流网站，还是艺术探讨网站；不管它是吉他网站，还是电脑音频网站；不管它是为你带来丰富的知识和资讯，还是只提供一个灌水发泄、胡闹搞笑的场所——只要你喜欢这里，这里不就是完美的吗？那一年，我踏入了人生的而立之年，我明白了有一个轻松快乐的心态是多么幸福。活得自然些，再自然些，不要折磨自己，更不要辜负你的青春。

2008年，西安入冬以来一直暖阳高照。每天迎着阳光走在路上，心情无比舒畅。这座城市在变化，人们喜欢的音乐在变化，住所和交通工具在变化，手机和号码在变化，用的软件在变化，穿的鞋子在变化，可是理想没有变，生活方式没有变，爱吃的零食没有变，纷至沓来的灵感没有变，弹着的吉他没有变，对未来的期待没有变！七年之痒又如何？骑士依然爱着音乐，爱着生活，爱着这座城市，爱着每个白天和黑夜，爱着这个绿油油的论坛，爱着里面无数的会员和马甲！

每年的岁末，都会有满腹的感触。QQ上有旧友说：为什么这么多年，你一直都是老样子？为什么这么多年，你还能坚持着玩音乐？

只因，那是我活着最大的快乐和满足。

绿洲七周年，Happy Birthday（生日快乐）！七岁了，你该上学了！

站长 夜晚的骑士
2008年12月19日于冰冷的家中

幻灭的西安城中村

　　最近听闻二府庄即将被拆迁改造的消息，心里涌起些许失落感。想想这些年来那些曾给我留下无数回忆的城中村都在一一变化或消失，它们携带着过往的生活气息，悄悄地离去，为这座城市继续国际化、现代化的进程做了炮灰。

　　我从小生活在西安南郊，南到电视塔，北至草场坡，东到大雁塔，西至电子城，这个范围是我最熟悉的环境。在这一个不算大的区域里，分布着很多大学和中学，也有很多城中村。我很多玩音乐的朋友，都住在这片区域的各个城中村里。

　　前几年，八里村被改造，不少人随之消失了。去年，瓦胡同因为曲江的项目而彻底"蒸发"，这个我小时候被劫钱次数最多，心里最恐惧的地带现在居然就这么没了。

今年，二府庄也将拆迁。其实，这两年来二府庄已经风光不再，当年曾有许多摇滚乐手和美院学生入住的辉煌据说早已不复存在。但在我心里，二府庄始终留有很多美好的记忆，也是我爱这座城市的一个标志性地标，如今就要灰飞烟灭——这一切就像我写的那首《西安事变》。

想起2003年夏天至2005年那段时间，我经常出没在二府庄。那里的网吧、盖浇饭馆、琴行都那么熟悉。那时二府庄里的小偷很多，常看到有学生在巷子里捶胸顿足地说家里丢了电脑、手机。有些玩乐队的朋友住在这里，晚上有时会一起喝酒，开心了还会弹弹吉他、唱唱歌。二府庄毗邻着石油学院和美院这两所风格迥异的高校，所以略显呆滞的工科生和长发另类的伪画家会在这村子中穿梭来往，会在通宵的网吧里比邻而坐，会在街口的炸串串摊上一同排起长队。各种漂亮的姑娘抱着不同的课本，操着不同的口音，站在706路、716路或是710路公车站牌下聊着天。而我只能用意识穿越回去，才能再次目睹这一切。

我家附近的城中村，目前硕果仅存的似乎只有杨家村了。不知道哪天它也会消散而去，那些遍布其中的九元店、摩的、大众澡堂、粉红发廊、超便宜的面馆、黑诊所、小旅馆们……也都注定会成为难以再现的旧景。我只能用文字和音乐记录那些消失不见的美好回忆：

那些日子已经　离你八丈远
阳台上再也看不到终南山

高楼大厦挡住了我的眼

看不到当年那张叛逆的脸

那些日子已经 离你八丈远

就好像曾经蓝蓝的天

我的家乡和我的初恋一样

那些最美的回忆 已经消失不见

——黑撒《西安事变》

冤家同行

前段日子我在网上发了篇评论汪峰的长文，在知乎和微博上引起反响。有位网友回复我的文章："同行果然嘴毒，怪不得您能把汪峰损成这样，原来也是个乐队主唱！"

古人说"文人相轻"，其实在摇滚圈里也不乏"乐人相轻"。本来嘛，这一行都是弹着吉他、抡着架子鼓的糙老爷们儿，性子直爽、爱憎分明者居多，相互瞅不顺眼，对其作品不感冒也是常理。再加上常有歌迷挑事，掀起网络骂战，导致同行变冤家的还真不少！

若干年前，互联网SNS社交模式未成，BBS论坛还是主流。那时候我是国内最大的专业音频论坛之一"绿洲音乐网"的站长，每天在网上和人交流技术，聊聊音乐。某日突然发现一个ID为"YINWU"的家伙在论坛上猛刷广告，我就尽了尽义务，随手给他删了个干净。没想到此人竟恼羞成怒，发帖子和我在论坛上掐了起来。不才虽是工科出身，但口刁嘴毒，在网上通常占不占理均不饶人，何况是在自己的地盘上拍砖？！你来我往没发几帖，我的"板砖"便拍得那人招架不住，终于亮出真身："你不要太狂妄，我是尹吾！"

尹吾，何许人也？现在很多人不知道，可在20世纪末，他可是和朴树、叶蓓齐名的"麦田三原色"之一！出过一张叫《每个人的一生都是一次远行》的专辑，在国内有一批文艺青年粉丝。我这种资深"乐青"当然知道他，当时脑子就嗡了一下，哎呀不好，惹了同行里的大腕了！可事已至此，叫我这么一个摇滚刺头认卯道歉也没可能啊，思来想去，我最终下了决心：一战到底！尹吾估计也没想到这个站长这么狠，报上大名无济于事，压根没给面子。我从抨击他的发小广告行为，转而攻击他的音乐，用词犀利，视角新颖，把我压箱底的乐评本事都使出来了，愣是把尹吾的歌劈头盖脸地训斥了一顿。围观网友看热闹不嫌事大，纷纷跟帖群起攻之，可叹尹吾到最后词穷力竭，怒而注销账号，消失在茫茫网际。众人散去，对着电脑屏幕上那些文字，内心竟有些惆怅和失落：都是爱音乐的人，为何如此不留情面，一句歉意本可化干戈为玉帛，说不定还能交上一位知心好友，却落得如此局面，哀哉！

前年夏天在银川参加音乐节，下午演出完和乐队几位成员在草坪闲坐，边喝酒边听台上表演。其时舞台上正是民谣歌手马条在唱歌，小酒半酣的我掏出手机敲了一条微博，对马条的演唱露骨地嘲讽了几句，在点"发送"之前让其他人先过目，众人看完都劝我别乱发：微博是公众平台，都是一个圈子的，这可得结仇了，我犹豫了几秒钟还是选择忍住没发。晚上和一帮乐手出去吃宁夏烧烤，正热闹之际，只听得从邻桌传来咚咚咚的脚步声，一条新疆大汉立于面前，手握酒杯朗声曰："你们是西安的黑撒乐队吧，今天看了你们演出，真棒，前途无量啊！特别来和哥几个喝一杯，我是马条！"

那一瞬间，我脑海里快速反思，如果下午那条微博发出去了，现在的见面会是何等尴尬！万般庆幸的我，端起酒杯器宇轩昂向前一步，冲口而出的那句陕西话掷地有声——"谢谢马哥，干杯！"

我的非典型摇滚生活

第二章

每个以音乐为生的人，都得有自己的生存之道。和任何一个行业相似，在音乐领域里谋财，也是有人取巧，有人辛劳，当然，后者占大多数。古城的夜晚，大多数酒吧里都有弹着吉他的歌手表演，用圈子里的话称作"干活"。收入或多或少不尽相同，虽不足以发家致富，但也绝对能养家糊口。只是在酒吧干活，通常不能唱原创歌曲，而且得习惯白天黑夜颠倒的生活方式。

黑撒第二张专辑《我的黄金时代》封面

商业层面的音乐理想

我的生活并不摇滚

　　我是个彻头彻尾的摇滚乐迷，也是一个不折不扣的摇滚乐手，可我的生活，并不摇滚。什么是摇滚的生活方式？导演张扬在纪录片《后革命时代》中拍摄过，其他类似的电影、小说里也有很多描述。我们可以认为美国"颓废的一代"是在摇滚地生活着，可以认为北京树村的那些外地乐手是在摇滚地生活着，可以认为西安八里村、二府庄里那些含辛茹苦的长发青年是在摇滚地生活着，可以认为那些在夜色中弹琴歌唱、在白天却呼呼大睡的人是在摇滚地生活着，也可以认为那些用摇滚乐勾搭姑娘、乐于在演出时呼朋唤友一醉方休的人是在摇滚地生活着……可我不是。

　　我住在高新区的花园小区，清晨起床上班，晚上十二点准时上床睡觉。

　　下班后，我除了回家，不会有任何其他的选择。我的房子是我认为最可爱、最舒适的地方。

每周我都会定时回家探望父母，每周我都会定时给我的花浇水，并习惯性地打扫房间。

我头发干净，面孔清澈，几乎不穿任何能和摇滚、另类挂钩的服饰。

我墨守成规，思想呆板，在批评人时会讲出无数大道理。

我生活规律，饮食合理，烟酒适量，态度积极。

最重要的是，我很少看摇滚演出——一年里也不会超过三场。那些周末的时光，我宁愿在家里，要么躺在大床上听音乐、看杂志，要么喝点小酒看一张影碟，要么弹弹吉他做点音乐，要么玩玩游戏娱乐自己，或者就只是上网聊天，在论坛里灌水。

我的生活并不摇滚，可我内心里燃烧着摇滚的光辉，我从不怀疑自己对摇滚乐的热爱。

听摇滚乐已经十三四年，自己弹吉他组乐队也有十年时间。我的生活早已经被摇滚乐充斥，我的灵魂和血液早已经被摇滚乐浸润。

如果这辈子只能体验一种生活，非让我在安逸的小资和动荡的摇滚里挑选一个，我会毫不犹疑地选择后者。

我爱旧时光

　　小学一年级时，妈妈给我买过一只乌龟。养了一段时间，虽然我对乌龟最终的死活去向全无回忆，但脑子里依稀有它在脸盆里爬来爬去的身影。

　　小学三年级时，我开始喜欢金鱼。在家里的大鱼缸里养了数十条，每年适季金鱼们还会交尾，产下无数鱼子。其中的精华得以由孵化到成长，而我始终目击，并写过一篇题为《小金鱼》的作文，在九岁时获得了全国三等奖。

　　小学四年级，我在音乐课上学习吹竖笛，六孔的塑料笛子，朴素简单，音色尖厉仿佛带着毛刺，绝对谈不上悦耳。吾等小伙伴以笛为剑，总趁老师背过身时互搓武艺，甩舞之际，常使得笛头飞离笛身而不能复合，笛头最终沦为一支可悲的哨子。

　　初中之时迷恋零食，妈妈下班总会捎上几袋，回家偷塞进我的抽屉。她偏爱我，将零食悄悄给我独吞，也是怕

小学时看吉他书

初中时刚学吉他

　　　　　　　　　　　　　　　　　　　　　我在长安玩摇滚

高中时尝试写歌

两个姐姐看到会嫉妒。那时零嘴儿花样极少，最常吃到的几样是：甘草杏、山楂片、果丹皮、大白兔奶糖，运气好时还会有几个方块巧克力。

高中时，我一度喜欢上斯普瑞克自行车，许是因为当时有好感的几个女生都骑这个牌子的自行车。后来撺掇家人，给我也买了一辆。犹记得斯普瑞克的专卖店位置在如今德福巷附近，隔壁就是西安当时第一家捷安特自行车店。

从小学开始爱上漫画书，可看到高中毕业，也没看过多少花样。总把喜欢的漫画书反复翻阅，却懒得开启新的世界。小学时的《机器猫》，初中时的《丁丁历险记》《圣斗士》《七龙珠》《阿拉蕾》，高中时的《灌篮高手》《父与子》，基本涵盖了我对漫画书的所有记忆。

大学时，喜欢上古龙、王朔，一个是凄冷肃杀、剑气弥漫的武侠世界，一个是玩世不恭、满嘴调侃的痞子态度，读这两个人的小说让我不亦乐乎。

读研究生时，每个下午常会有大把的闲余时间，喜欢在有阳光的日子，搬着小板凳坐在院子里，脑子里什么都不想，和地上的蚂蚁们一起晒太阳。

工作以后，习惯用电脑游戏打发无聊。没有了曾经的玩伴，玩*NBA LIVE*（一款以NBA为主题的篮球电子游戏）的对手只能是电脑。每一年这款游戏都在升级换代，我也在无数个夜晚，孤单地坐在房子里，用键盘熟练操纵着艾弗森、奥尼尔、加内特向对手的篮筐肆虐。

我爱旧时光。我是个怀旧到偏执的家伙。生活证明着我的习性，总在无意识地重复旧时光。

现在的我，依然每天在用电脑玩NBA游戏。不过从*NBA LIVE*系列转移到了*NBA 2K*系列，喜欢的球星也从小艾、奥胖们变成了小皇帝詹姆斯和魔兽霍华德。用詹姆斯的热火队摧残科比的湖人队是我最大的乐事。

现在的我，依然常常会在无事的晴朗下午，坐在阳台上发呆，沐浴阳光，放空思绪。

现在的我，依然爱读古龙和王朔。虽然阅读的介质从纸张变成了手机，但古龙的热血和王朔的幽默，还是会让我充分体会到读书的快感。前几日重读《萧十一郎》和《千万别把我当人》，深觉依旧秒杀一切当代作品。

现在的我，依然爱翻漫画书，但终究对大热的《海贼王》和《火影忍者》提不起兴趣。我还是贪婪地一遍遍复习着星矢、紫龙、一辉、冰河、沙加、艾欧里亚们，樱木花道、流川枫、三井寿、藤真、仙道们，阿拉蕾、博士、宝瓜、小绿们……

现在的我，依然喜欢骑自行车。如今捷安特风光无限，当年风靡的斯普瑞克却几近消失……去年在土门无意间买到了和高中时几乎一样的斯普瑞克蓝色轻便车，仿佛淘到了绝版的古董，让我欣喜无比，且每次骑都有种时光穿越的错觉。

现在的我，依然喜欢吃零食。然而无论如今小吃如何品种丰富，在超市里琳琅满目的零食之中，我也总是会习惯性挑走几包杏肉、话梅和山楂卷，而对那些包装华丽的新潮零嘴儿自动屏蔽。

现在的我，依然会吹竖笛，偶然在超市得见六孔塑料竖笛在卖，花了十来块钱就买了两根。黑撒在《西安事变》那首歌里的间奏，就是我用这几块钱的竖笛吹奏录制的。当那熟悉而又悲催的尖锐笛音从我口中吹出，所有的少年心气一瞬间奔涌而出！

现在的我，依然喜欢养鱼和乌龟。前天是周末，春暖花开日光倾城，我溜达到住处附近的小商场，特意又买了一对小金鱼和一只绿乌龟。每天和它们对视而不对话，是我们之间最默契的交流。

这就是我的生活，不断踩着旧时光的印记前行。

我喜欢旧的存在。旧有一种独特的味道，让时间的流逝不再有那种轻飘飘的感觉。旧物件、旧习惯、旧回忆，和旧人一样，总是最珍贵的——它们融合在一起，就是属于自己独有的，旧时光。

不鸣则已

小时候看武侠小说，里面经常会有些隐藏极深的武林高手，低调行走江湖，不轻易亮出功夫，被不明真相的人看扁，然后在被逼无奈之下终于出手的一刹那，亮瞎所有人的眼。

这类情节是我的最爱，导致我一直幻想能做某个领域的隐藏高手。比如篮球，如果我拥有一手出神入化的运球和投篮甚至扣篮能力，途经操场被若干篮球小子挑衅，然后瞬间化身艾弗森三下五除二打爆他们，这滋味有多爽！再比如喝酒，如果我外表文静却身怀海量，在酒场邂逅逞强之辈时，我不声不响推杯换盏，片刻之间把一众酒徒全部撂倒，该有多么倜傥！可惜，这两样也终究只是自欺欺人。

不过自己毕竟还是有专长的，"唱歌"作为我安身立命的技能，在日常生活里倒也颇具隐藏属性。对于不熟的人来说，只看我的外表甚至仅听我说话的嗓音，也确实难以判断出我唱歌的能力值，这也就让我有了隐士爆发的机会。前几天，接受国内某旅游网站的邀请，和一帮五湖四海的小伙伴组团去了塞班岛。大家都是初次相见，彼此均不了解，虽很快就相处甚欢，但对每个人的职业背景却互不了解。玩了数日，某天黄昏大家一起登上豪华游轮，享受夕阳晚宴，船上有个老外歌手，背着把电吉他自弹自唱为顾客助兴，他看到宾客里中、日、韩三国游客俱全，于是一口气用英语、韩语、日语、汉语连续演唱了四首歌，兴致高昂面露喜色。从专业角度来说，老外的演唱实力实属不堪，我也就埋头喝酒啃肉，却不料团里一位小哥知道我手机里有几首中文歌的伴奏，撺掇我上去唱首歌，并获得了大家的一致赞同。我架不住起哄，就站了上去。老外瞄了瞄我，给我递了支话筒，我播放了手机里的音乐伴奏《北京北京》，前奏响起的时候，老外很不谦虚地弹着手里的吉他，在即兴地solo，那架势几与捣乱无异。好吧，看来他是把我当成那种常见的喝醉了吵着闹着要胡乱唱歌的游客吧，这可激发了我的表现欲。一刹那，我做了个深呼吸，进入了"我是歌手"模式。

当我一嗓出来的时候，船内几十号游客的表情普遍是呆滞的，第二句唱完，一多半人脸上呈不可思议状，直到第三句冲上云霄，掌声欢呼声才轰然奏响。不鸣则已，一鸣惊人，我们团的小伙伴瞬间自豪地又叫又拍视频，日本和韩国的游客们虽听不懂歌词也跟着摇头晃脑起来，我一边唱着一边侧头望向那个老外，他早已停下了乱弹的吉他，不可置信地聆听着。彼时，我终于体会到小说里那些隐藏的武林高手，在拉开神秘面纱大杀四方时的快感了！老外的反应仿佛给了我莫大的鼓励，我也更加专业地发挥，把一首悲歌唱得荡气回肠，现场气氛彻底被点燃。临到末尾一句，我即兴把原曲的"北京 北京"改为"塞班 塞班"，更是赢得观众一片呐喊和尖叫。

歌曲唱毕，我深鞠一躬，把话筒礼貌地归还给老外，准备回到座位上继续喝我的小酒。老外接过话筒，叫住我，用英语问起我的家乡，我微笑作答：China，Xi′An（中国，西安）。老外不依不饶又问起我的职业：What is your occupation（你的职业是什么）？

"I′m a singer(我是歌手)"，留下这句话我转身离去，那一刻，深藏功与名。

淘电影碟的记忆

我是个电影迷。

真正喜欢上看电影，大约是从读研究生开始的。那段日子有大量的闲余时间，除了弹琴写歌和管理绿洲网站之外，我的精力基本贡献给了观影。

那时候电影院还远远没有这几年发达，西安当时还没有一家所谓的"五星级"影院，上映的片子也基本无甚吸引力。最主要的是，那时的我正处于文艺青年阶段，对商业大片莫名其妙的抵触，而深陷于各路文艺片的情结中，所以只有通过"淘碟"来满足自己的观影需求。

最初的电影审美，大多受到当时的女友影响，从《搏击俱乐部》开始，逐渐培养了自己看电影的趣味。从有限的途径，比如从租碟、借碟，到寻遍西安城的音像店买DVD，在这期间看完了我钟爱的北野武、岩井俊二、盖·里奇、昆汀、大卫·芬奇等导演的片子。

最初买DVD一直在离家不远的地方，比如师大路口的一家音像店，每周末回家，我都会习惯性地进店扫荡一通。有时候会买到很偏门的电影，但通常因为店小资源少，而无法满足。后来也曾转战小寨百汇的"锵锵"以及边家村，收获颇丰但还是找不到一些梦寐以求的电影。后来听闻朝阳门外的音响城，是西安最大的DVD批发市场，众多音像店都在那里进货。于是，我常常在得空之时，坐很久的公交车或是骑着我当时那辆小摩托奔赴位于东郊的朝阳门。

那里的碟量之大真不是盖的，有十几家店销售电影碟片，其中有若干家品位不俗，摆出来的货分门别类，小众影片更是层出不穷。每次去淘碟，都像是一次寻宝的探险之旅。那时候，经常是几十张几十张地往回买，然后带着无比满足的心情回家观赏，那种感觉真是妙哉。电影之于那时的我，也特别神圣，是一门高超有趣的艺术，远不是现在成为消遣娱乐的方式。

那些年，我几乎看完了所有在后来被我推崇的影片，以至于现在每年看的电影里，最多只对一两部留有印象。而当时看的电影，至今我都能如数家珍，也许是太容易得到就不会去珍惜吧。互联网发达之后，DVD影碟快速被淘汰，音像店轮番倒闭，家里的DVD机也因为久疏战场而被我遗弃。点点鼠标，在网上就能下载到高清的影片，再打开投影和我的专业音响，声光电效果完美。

可是，在我心里最难忘的观影体验，还是那些如今觉得分辨率极低的DVD光盘和笨重的29寸电视。即使是当时最爱的电影，如今再看，有些也失了魅力。或许，是年龄和阅历破坏了一切吧，青春时的我，才能更深地为电影里的残酷、伤感、爱与泪水所触动，现在的我麻木许多，渐渐习惯了快节奏的剪辑和夸张的剧情，沉闷、低饱和度、文艺、隐喻……这些东西我快要不适应了。

还是想在一些心无旁骛的下午，拉上窗帘，静静地打开一部或许有些枯燥但用心的好影片，像多年前那样，沉浸其中，就和以前听磁带音乐时一样认真、专注。

非典时期的音乐记忆

还有一天就是除夕了，迎接21世纪20年代的第一个春节，鼠年将至。

可城市里没有新年的气象，即使是往年以"西安年 最中国"作为宣传口号，以华丽盛大的通明灯火震撼游客的西安城，这两天也显得有些萧瑟。天色灰蒙蒙的，雾霾很重，而比雾霾更重的，是全国新冠肺炎的疫情，以及每一个惶惶的人心。

这感觉太熟悉了，虽然已过去快17年，但2003年的那场"非典"还依然在记忆中历历在目。不同的疾病和起源，相似的症状和传播途径，又一次在全国范围内掀起巨浪风波。

2003年SARS刚在西安有所苗头时，我正在准备研究生的硕士论文答辩，在互联网远不如今日发达的媒体环境下，身边人对疾病发展势头的了解大多来自电视和报纸，以及口口相传。那是在国内没有过先例的疫情，身为一个"玩摇滚"的愣头小子，我自然也没太当回事，依然该逛街逛街，该学习学习，只盼着能早点顺利毕业——那时的自己，对前途的迷茫感大过一切。没多久，答辩通过了，我拿到了学位证，也在和父母的争论中做了妥协——爸妈希望我找份稳定工作，我想开个音乐公司——后来我决定暂停梦想，去老老实实上班。

可怕的是，在求职路上我全部被拒——当然，这绝不是因为我能力差——西安几乎所有我感兴趣的单位全部都封闭了，停止招聘，拒绝会客。有的公司保安戴着口罩告诉我，"非常时期不接纳新员工"；有的公司人事经理一边拒绝我一边举着个电子体温计给我量体温；有的单位干脆直接大门紧锁。此时的我才意识到这场传染病的可怕，也就此放弃了找工作的念头。没几天后我和当时的女友大吵一架后分手，带着吉他和电脑乖乖回家。

三个多月的时间里，我"光荣"地做了自己一向最不屑的"啃老族"，每天起床后喝一大杯板蓝根，然后躺在床上看看书，听听歌，要么就是抱着我那台当年很潮的诺基亚5510手机玩枯燥单调的贪吃蛇游戏。实在憋不住了，戴上口罩出去转转，街上人迹寥寥，马路上挂着很多条幅，写满了"团结一致战胜非典"的口号。途经超市，我也会随大流帮家里"抢"几包盐和白醋。走过天桥，小贩摆着地摊兜售着加过价的84消毒液和医用口罩。有时兴之所至跳上一辆公交车，稀稀拉拉的几个乘客，大家都分开很远坐着。口罩所不能遮掩的眼神，都在警惕地观望着彼此，好像别人都是病毒携带者。

那是我人生中最颓废的一段日子，写的歌无比忧伤，又充满末日想象，那些歌几年后被我整理并做了一张专辑《彩色黑白》。

后来，夏天来了。疫情得到了控制，街上的人数开始增多。我和当时也赋闲在家的王大治决定一起做一个音乐工作室，然后我们给当时西安的几支乐队——走了、三点十五、散杀各录制发行了一张唱片，并打算做一张西安的摇滚乐合辑。虽然还没看到赚钱的希望，但做着自己喜爱的事，同时看到非典一点点离我们而去，我体会到了所谓幸福的意义。

那年8月，我去了一趟山西平遥旅游。彼时，非典已被"消灭"，不再令人谈虎色变。我在那个下雨的古城住了两天，坐在民宿的炕上喝黄酒吃牛肉，思考人生。回西安的那列通宵火车上，人山人海，我只买到了站票，被挤得快要窒息。可能是看我比较瘦吧，一位善良的女生腾出点座位让我坐下。于是我与她以及她的两位同伴聊了一夜，得知他们是西安的在校大学生，并且所在的高校最近正在招聘老师，"你是研究生，我们学校正缺计算机老师呢！"

一个月后，我正式踏上讲台，成为一名大学计算机教师，并赋予了十年光阴。

两个月后，《掩灰的色彩——西安独立音乐合辑1》开始录音制作，为曾经的"金属重镇"留下最后的辉煌。

三个月后，一首抨击日本留学生辱华的陕西方言歌曲诞生，奠定了几年后一支乐队的出现。

一场瘟疫，一段岁月，一种人生。

大时代的背景下，除了个把英雄，满目望去都是小人物。

在灾难面前，这些小人物显得无比脆弱、茫然、飘摇。

他们选择呼喊，他们选择旁观，他们选择逃避，他们选择调侃。

每一种选择，都是时代的印证。

也正是这些脆弱的小人物，在坚强地书写着自己的故事，并创造着历史。

舞台上的糗事成双

时光飞转，日历已翻到了2015年，掐指一算，从开始做黑撒乐队到现在已有七年有余。人说夫妻在一起有"七年之痒"，到了那个时间点，难免因为过于熟悉而变得麻木。这个现象在我的乐队貌似已显迹象，比如创作面临瓶颈，比如排练得过且过，更明显的就是演出时因过于驾轻就熟而常常缺少激情。不过激情似火虽好，倒也容易引发糗事。回想黑撒这七年时间，足迹遍布全国，大小演出数百场，称得上经验丰富，而最让我难忘的舞台细节，却是第一次登台留下的啼笑皆非。

2007年冬天，某个周末之夜，黑撒成军后首秀，在陕西科技大学的礼堂。当晚共有五六支本地乐队表演，我们名义上是新军，却因在网上已略有名气而获得压轴地位。前面的乐队表演时，黑撒哥五个聚集在后台，一个个明显都压抑不住内心的紧张和兴奋，虽是大冬天，但五张脸上都红扑扑的映着光辉，十只手掌心捏着汗用力攥紧拳头。大家都不说话，彼此间用眼神传递着正能量，像是新兵娃娃首次上战场，又似小伙子初逢大姑娘。在主持人的介绍声中，五个老爷们拎着乐器，踏着时尚潮流的步伐，昂首挺胸迈上舞台。底下黑压压一片大学生逐渐安静，完全没有练习过开场白的我，站在麦克风前有点犹豫，猛地想起要唱的歌叫作《生于70年代》——完全根据自身经历所写——没经思考就冒出了这么一句："底下的同学们，你们有生于70年代的吗？！"

下面鸦雀无声，一道道来自85后青涩的眼光从星罗棋布的眼镜片后面穿过，像一束束箭扎在我身上，气氛瞬间凝固了。我只好佯作镇定，干笑两声，刻意挽回面子般很有爆发力地大声吼出完全无逻辑的一句："因为我们是生于70年代的！所以送给你们第一首歌——生于70年代！"

糗事成双是不变的真理，如果你以为黑撒首演只遭遇这点尴尬，那就太高估我们了。让我们回到现场来：我报完歌名，前奏的鼓声响起，接着吉他扫弦，然后贝斯跟进，一切都非常完美，像我们在排练房里一样完美！观众开始摇摆身体，挥舞手臂，作为主唱的我也兴奋地抡起胳膊摆动起来，而我身旁另一位主唱马蜂同学更是难耐冲动，只见他倒吸一口凉气，奋力纵身向上高高一跃，落地时刚好能配合下一秒音乐上的重拍！太漂亮了！看！他跳起来了！他跳起来了！原地起跳的高度简直令人震惊！

看！他要落下来了，他华丽地落下来了！看！他落地的瞬间，太漂亮了！看！他脚下打滑了！看！他好像跌倒了！什么？他…好像…跌…倒…了？！

说时迟那时快，还好马蜂反应敏捷，在台上其余四人和观众都还没醒过神时，一个鲤鱼打挺再次站定，面容平和仿佛没事人一般，举起话筒就开唱！嘿，亡羊补牢为时不晚，完美诠释了从哪跌倒就从哪爬起来！

那晚的演出虽无善始，还好最后得以善终，也算获得了认可。多年后，当我站在万人舞台之上也已毫无紧张羞怯之感时，回想起那些最初的生涩表演，不由得感慨：熟能生巧固然怡人，初生牛犊却更难能可贵。七年之痒不算漫长，熬过了或许又是一春！

戏路狭窄

前几日，某朋友邀我给她担任制片的一部微电影写主题歌曲以及配乐，我欣然应允之后，友人得寸进尺："不如，你顺便再客串个角色，出出镜呗！"

隔行如隔山，术业有专攻。虽说坊间总谓艺术举一反三，各门类都可相通，但尝试起来，还真不是那么简单个事。一想到要在摄像机前充当演员，数年前那次"触电"经历又深深地浮现在我脑海里。

2008 年，陕籍导演阿甘的电影《高兴》找到了黑撒来做音乐，当时我和搭档王大治与导演相聊甚欢，阿甘突然一挥手："干脆，你俩给我串一场戏吧！"我俩头瞬间有点发蒙，连忙摆手表示没有演戏经验，不懂何谓镜头语言。导演宽容地一笑，慈祥地说："不用害怕，无须演技，就对着镜头演你们自己真实的生活，so easy（很容易）！"

于是，我怀着浓浓的好奇心，接受了人生第一次"触电"邀约。那场戏拍摄于西安鼓楼回民街西羊市一家泡馍馆，我和王大治饰演两个店里伙计，他负责招呼客人，我负责抹桌倒茶，然后两人还要唱一段《陕西美食》。那是一场夜戏，西羊市里熙熙攘攘挤满了游客和吃货，我俩在泡馍馆里披上白围裙戴上白帽子，相互一瞧差点没被彼此的扮相笑岔了气，当时心里的念头就是冲去质问导演："这是哪门子我们自己真实的生活？！"

不过既来之则安之，我们还是硬着头皮开拍了。第一次亲身经历拍电影，看着摄像和导演忙得团团转，身边一大群工作人员忙忙碌碌，又是布大灯又是架轨道，我俩坐在泡馍馆里仿佛置身事外，只能互相举着手机拍"留念照"。突然，旁边一个顾客站起身来，掏出手帕擦了擦嘴，环顾了一下四周，向我问道："喂伙计，这是干啥呢这么多人，得是拍电视呢？"我笑着答："拍电影呢，贾平凹小说改编的电影，你看那个穿的跟农民一样的就是郭涛！"那哥们儿露出诧异的表情，瞅了一眼隐于路人的郭涛，然后一边慨叹"势大得很"，一边从兜里摸出十来块钱往我手里塞。我吃了一惊，这是要贿赂我，想让我搭线让他和郭涛合张影吗？心里瞬间激烈斗争：作为一个跑龙套的，我该占这种小便宜吗？最终正义感占了上风，抵抗住了金钱的诱惑，我把钱一把塞还给他说："同志，这钱我不能要！"他迷茫地看了我一眼，疑惑地问道："咋，你这儿拍电影，我吃泡馍就可以不收钱了？"我还没反应过来，泡馍馆老板娘一个箭步冲过来把那钱抓到手里，然后指着我对那哥们儿吼道："不敢把饭钱给这娃了，这不是俺们的伙计，他是演员！"

扮相既然以假乱真，内心平添几分自信，那场戏拍得甚为顺利。虽然开拍时围观群众不少，我还是厚着脸皮又笑又唱，没NG几次就完美收工。电影上线后，在大银幕上看自己的表演，多次怀疑生活中内敛害羞的我居然能放得如此之开。

友人的微电影我终究还是参演了，而且被迫以三十大几的高龄去饰演一个在校寒酸大学生。第一场戏在西电学生食堂拍摄，没有台词的我，只需要端着一碗岐山臊子面吃喝几口，然后对着邻座的女主角莞尔一笑。第一条拍完，导演看着监视器，嘴里嘟哝了一句："曹老师，你戏太好了。"我战战兢兢地问："有什么不合适的吗，导演？"他举手摆了点赞的手势道："太会抢戏，您那一笑我都醉了，绝对够'屌丝'，您特适合演这种小人物！"

今天微信里又一位影视圈朋友发来信息："兄弟最近忙吗？我这儿有个电视剧有没有兴趣来客串个演员，演个拾破烂的有志青年。"您瞧，我这业余演员的戏路，或许就这么定位了！

商业层面的音乐理想

古城的盛夏街头，透着青春气息夹杂荷尔蒙泛滥的味道。而那些以艺术为理想的年轻人，混杂在街头叫卖的小摊贩和穿梭而过的美女之间，在为自己的下一步做着打算。音乐，对有些人来说是欣赏目标，对有些人来说是时尚的风向标，对有些人来说是附庸风雅的幌子，而对一些人来说，却是生存的工具。

每个以音乐为生的人，都得有自己的生存之道。和任何一个行业相似，在音乐领域里谋财，也是有人取巧，有人辛劳，当然，后者占大多数。古城的夜晚，大多数酒吧里都有弹着吉他的歌手表演，用圈子里的话称作"干活"。收入或多或少不尽相同，虽不足以发家致富，但也绝对能养家糊口。只是在酒吧干活，通常不能唱原创歌曲，而且得习惯白天黑夜颠倒的生活方式。

"干活"乐手一般都有长长的歌单，可以满足客人的聆听需求，而且这份歌单还得要跟上时代，不停升级扩充。市面上出了最新的流行歌，能尽快学会并熟练地表演，那是酒吧歌手的义务。从这个角度来看，"干活"并非易事。往往从一个酒吧歌手的歌单里，我们可以觅得国内音乐圈内近期热门的指向标——去年暑假《董小姐》大火，全国的酒吧都开始唱"爱上一匹野马"；今年年初央视"中国好歌曲"节目大热，酒吧歌手们争相学唱《要死就一定要死在你手里》《她妈妈不喜欢我》等；这个夏天，筷子兄弟的新歌《小苹果》突然蹿红，不仅征服了广场上舞动的大妈们，也让酒吧里的歌手们有了新歌单。

　　在不少人心里，那些常驻大舞台的乐手和酒吧里"干活"的乐手有区别，甚至有等级之分。在我看倒未必，不论是什么样的舞台，音乐本身都是平等的。可能收入不同，待遇有差，但只要是涉及商业，本质都是"干活"而已。这两年国内音乐节盛行，赶潮流一样你方唱罢我登场，各路乐坛英雄好汉也是趋之若鹜，赶着场子献唱。仔细看看各处音乐节的名单，不难发现很多重复的阵容。有些艺人基本是逢音乐节必上，这其实和在酒吧赶场干活没什么差异，姑且称之为"干大活"好了。上了舞台振臂咆哮，回到后台数着钞票，工作性质和钟点工接近，现卖现结，皆大欢喜。"干大活"的无非手里票子更厚些，数钱时间更长些，论及社会地位，绝不会比酒吧歌手高。

所以，对于坚持走音乐道路并希望和生活质量紧密挂钩的人来说，艺术上的理想或许是写出更好的作品，而商业上的理想，绝对是"干大活"！

我，也如此。

突然想到"理想"这个词

　　每年的下半年，都是各种音乐选秀、比赛活动层出不穷之时。这段日子，我的手机也时常被各路主办打爆，有邀请我当评委的，有欢迎我做嘉宾的，甚至也不乏撺掇我去当选手的。湖南卫视有档新的唱歌比赛即将上线，导演打来电话，试探能不能拉我去参赛。由于近期只想老老实实沉淀自己，我正在措辞如何婉言谢绝，导演自己先忍不住问了句："曹老师，冒昧问下您年龄超过二十八岁了吗？"我像抓住了救命稻草，赶忙应声直呼本人早已年过而立，恐怕不适合这档栏目。对方表示遗憾之后再次抛出诚意："我可以让您破格参加，年龄问题我替您摆平！"可一想到或许我要刮掉胡须抹上一脸粉在电视上与那些90后小鲜肉争奇斗艳，还是打个冷战忙不迭地推辞了。

　　选手不愿当，做评委倒是习以为常。前几日担任一个弹唱比赛的西安区决赛评委，看到一众年轻音乐才俊登场，或民谣或摇滚或流行或爵士，一首首唱得台下的我如痴如醉，不由得慨叹音乐江湖后继有人，压力山大。我也学学汪峰教父，不时问问选手们的梦想，听听他们创作之路的故事。我发现每个踏上音乐之路的孩子，最难忘的都是第一次写歌的经历。评委席上的我，脑海里渐忆起二十年前那个青葱少年与那首我人生第一次写下的歌。

那是1996年7月6日的晚上，那一年我读高三，而那一天正是我参加高考的前夜！夏日炎炎酷暑难耐，我已无心临阵磨枪，吃了晚饭就抱着吉他出了门。那天晚上，我早已和两个小伙伴马俨和杜凯约好，要给马俨新交的女朋友写首歌作为她的生日礼物。我们仨在夜色中摸进了当时的活动据点——杜凯他爸那间下班无人的办公室，马俨掏出一台从家里偷拿的"建伍"牌单卡式磁带录音机，以及一张涂涂画画过的手抄歌词。这首歌名字叫《每一天》，歌词现在看来不乏幼稚，充斥着为赋新词强说愁的文艺酸腔，但当时我们均深表赞许并自视才华四溢。一直以校园小诗人自居的我，对歌词做了些补充和小修改，然后抢上吉他吭哧吭哧地编了旋律与分解和弦。天知道从没写过歌的自己，是怎么一气呵成搞定了作曲和编曲的工作，其过程甚至被杜、马二人形容为"行云流水"。这首歌的顺利创作，让我确定自己身怀满腹"艺术细菌"，从此自信爆棚骄傲不已，毫不怀疑地踏上了音乐之路。

那晚的最后，我弹着吉他唱了一遍《每一天》，马俨用录音机录了下来，并将那盘磁带作为礼物送给他当时的女友。那个珍贵的最初版本现在不可能寻回了，后来为了纪念更为了保留记忆，我还录过一个改进的版本。那是首简单而好听的情歌，至今我都很喜欢，但听过的人寥寥无几。

人生有时候就是如此，每一个偶然都可能引发你进入一个完全不同的平行世界，很多记者曾问我："你明明是个理工男、技术宅、电脑玩家，为什么最后却玩了音乐？"

或许答案就在这首歌里。第二天的清晨，我只身赴会，走进了恐怖的高考考场，用三年寒窗苦读积累的理科学识与考卷上那些刁钻的题目大战三天。但我的心里，早已植入了一个理想，它与数理化无关，只关乎诗词、乐谱、吉他，与歌声。

朋友的艺术品位

有句话说得挺好，看一个人的品位，就看他（她）交什么样的朋友。

朋友的品位，就好像一面镜子，会折射出自己的眼光。

我交友的态度有点类似听歌的选择：杂乱无章。

但还好有一个也是唯一的原则，那就是这个人身上至少能有一点让我感到佩服。

朋友们帮我成长，从他们身上汲取了很多营养，也开阔了我的眼界。时常，他们让我感觉人生不仅仅有爱情和亲情，也不是只有忙碌地赚钱。他们中的一部分拥有成熟的世界观，会在方向上给我指引；另一些人则有坚忍的人格，给了我很多勇气；还有一些人具备优秀的艺术审美能力，他们给我的艺术推荐，几乎是不用怀疑和验证的，那必定是精品。这篇文章里，我就想谈谈这些艺术欣赏眼光超高的家伙。

过往的旧友里，有两位曾和我长期合作过的乐手，都是在艺术品位上我极佩服的，一个是黄勇，一个是"箱子"。巧合的是，他们都是贝斯手。黄勇的专业是历史、哲学，他读书的趣味和我相去甚远，我们的话题主要集中在音乐上。他给我推荐过如下的音乐人，每一个都对我产生了深远的影响：Air（空气乐队）、The Cardigans（羊毛衫乐队）、Portishead（波提斯海德乐队）、Mon乐队……1999年，有一段时间，我们合租在一间只有八平方米的民房里，每晚用"爱华"随身听加一对小电脑音箱分享彼此淘来的那些打口磁带。他让我从一个英伦摇滚的痴迷者，接受了更前卫、更开放的音乐——特别是电子乐——这对我后来的聆听习惯和创作思路影响颇深。

"箱子"和我的交往则更久更深，他是一个大家公认的"神人"。而通常人被标以"神"的称号，就自然缺少交心很深的朋友，但我俩走得很近。"箱子"爱读小说，而且喜欢在看过一本好书后，用"吹捧"的态度向我大力推荐。当时在读大学的我，其实并不甚爱看小说，可终于在他不断地鼓动并且将那些书堆到我面前的举止下，走进了他的文学世界。从王朔、石康到村上春树，我翻遍了他为我大力推荐的这些小说，并喜欢上了读当代小说。而他推崇的音乐作品，也通常不会令我失望。1999年那个炎热的夏天，在我埋头学习备战考研的那些夜晚，耳边循环播放的正是被他视为生命般珍爱的"红房子画家"乐队——那些歌曲让我头一回清晰地感觉到音乐可以起到"冰镇"

的作用。而共同对Blind Melon（盲瓜乐队）那张唱片 *Soup* 的喜爱，也让我常有知音的感觉。

小杨柳和樱桃，则是先后和我合作过的两位女歌手，她们也都是了不起的人物。小杨柳还在读高一时，就已经在听Blur（模糊乐队）了——注意，在那个资讯不发达的年代，这种品位的高中生绝对不多见。我从她的硬盘里拷贝过太多牛×的音乐，各种英式摇滚和电子乐艺术家的MP3全集，其中很多至今我都常听得有滋有味。

樱桃虽然在生活理念上和我有很多差异，但在艺术品位上大多和我所见略同。我特别佩服的是她常能发现一些不那么主流，但却格外优秀的音乐人和作品，比如这几年的钟荏，以及多年前的曹方——在她们还未广泛出名前，樱桃就已经向我大力推荐过，这是多么敏锐的艺术触觉！而且她还是一个很到位的科幻迷，远在我爱上科幻之前就已成为我的领路人。她不仅从小熟读《科幻世界》这类读物，而且还自己动笔创作过科幻小说，这在女孩中可是异类，更是奇葩——请原谅词穷的我用了这个有歧义的词来形容这位姑娘。

当然，我也是一个优秀的艺术推荐者。对一本好书，或一首好歌，我都有很强烈的敏锐感，能快速分辨出其出类拔萃之处。而且我格外乐于同朋友分享并讨论之，许是因为早些年一直做网站站长的良好习惯吧。我也有足够的自信，自己的推荐会让他们满意。就好像他们影响我一样，我也必定会影响他们至深。

随着网络传播的全面性和即时性，现在找歌听，我更多依靠自己的寻觅和直觉，但我很怀念过去那种朋友或知音间相互分享好音乐的日子。也许在这个浮躁的时代，能成为经典的音乐作品越来越少，但我还是会尽量搜集并保存那些好歌，期待有机会精选出来分享给我的知音们。

因为，我希望自己也能一直做一面镜子，照亮我的朋友们。

搬家记事

新年之前仓促地搬了家，把一房子的家当封存在大舅家，只带了少许生活必需品搬回父母身边。从2004年夏天算起，已有八年半独居在外，之间搬过两次家，每次都像人生的一场噩梦。

2004年租下绿港花园那套两居室时，我除了一台电脑外，没有任何家当。面对空荡荡的九十平方米，我花了一个月的时间添置了床、沙发、茶几、电视、大衣柜、书架、电脑桌、冰箱、空调等一系列家具家电，开始正式过上潇洒的单身生活。

2007年房东要收回房子结婚，我不得不打包所有玩意儿，搬到了一墙之隔的南窑头小区，房间面积缩水，但也够住。然而好景不长，一年后新房东——一个半老徐娘——提出了疯涨房价的主张，完全超过了我所能接受的范畴，而且在我提出搬走时，只给了两天的周转时间。于

我在长安玩摇滚

是我再次彻夜收拾行李，并快速找到了新的住处，很快地搬到了新家：付村花园。在这个南三环以外鸟不生蛋的地方，一住就是四年半。

也许是自己真的厌倦了每次交房租时的不爽感，也可能是面对房东每次提出涨房租时内心的抵触，要么是拥有一大房子的物件让我迫切地想要暂时逃离，都使得这次搬离变得决绝和坚定。在收拾的过程中，对满屋的物品不断产生"扔或不扔"的选择题，这些矛盾让搬家的过程变得纠结和痛苦。最终我还是狠心扔掉了很多双鞋子、几件衣服、一些书籍，还有那张睡了八年的大双人床。人生漫长，欲望无尽，人难免会不停购买更多的物品，如果舍不得舍弃以往的拥有，那无用品在家里就会无穷尽地堆积——道理我都懂，偏生自己是个恋旧的家伙，看见什么都能勾起回忆，生怕丢掉之后连带回忆会一起遗失。所以像我这种人，很难活得洒脱自在，想抓在手里的太多，最终只能累脑累心。

轻装上阵是我一直向往的人生状态，随时可以丢下已有的一切直赴新鲜，但现在还达不到这境界。其实静心算算，真正值得自己收藏一生，去往哪里都无法舍弃的物品，也未见得有多少，无非就是些从小到大的创作手稿，几封信件，若干照片，最多再加一块硬盘而已。在这个信息化时代，资源和商品来得太容易和便捷，反而没什么值得珍惜了。我这患得患失的毛病可得改改，从这次搬家事件后我更明确自我的需求，无论是兜里的银子还是房间的面积，都留给值得的东西。

　　我一直不羡慕别人家里堆积成山的物品，总觉那些都是牵绊人生的桎梏，让人寸步难行。人拥有的物质越多，就会离自己的内心越远。坐拥江山的人最怕的是失去江山，只有行者方能心无旁骛地去欣赏江山。来去无牵挂才是最高的境界，我得抓紧完成内心的自我修炼，早日升华啊！

让我嫉妒的男孩

经常听到这么个说法：漂亮的女生不仅男人爱看，女人也爱看。

大街上，迎面走过一个面容姣好、身材曼妙、着装清雅的姑娘，彼此交错之际，男人们看完正脸总忍不住还要转身再看看背面，据说百分之六十的男人会快速幻想一下自己与这美人可能发生些什么甚至脑补出画面；女人也常控制不住打量，虽然相对要矜持些、隐蔽些，飘过去的眼神可能要倾斜一些，据说百分之八十的女人还会在心里快速地将自己与那美人比较一下。

所以一个好看的姑娘，每天估计都要被行无数的注目礼，骄傲也好，虚荣也罢，这本来也是她们命里该有的权利。

女人们当然也爱看男人，只是口味各异：有人喜看身材魁梧的肌肉男，有人偏爱清秀俊雅的妙公子，有人钟情精雕细琢的美少年，有人迷恋胡茬沧桑的酷大叔……姑娘们看到自己的那一款男人，总是两眼放光、小鹿乱撞、双颊飞霞，好像被春天第一场雨浇过的迎春花，湿润而灿烂。

男人对同性就没那么强的窥视欲了。皮囊美好的男生，也通常唤不起另一个男生的嫉妒心——对于男人来说，如果一个帅哥和一辆帅车同时出现，应该大多会把注意力停留在车身上。这个金钱至上的时代，男人对同性更多的羡慕嫉妒恨集中在"他比老子有钱！""他开的车比我的好！""他家房子比我大，地段比我好！""他儿子比我娃上的学校好！"而甚少有人会咬牙切齿地说"恨死我了，他凭什么长得比我帅！"

不过我倒似乎从没嫉恨过谁比我有钱，或许是我物欲不高，超过手头花销的金钱往往就是户头里的数字而已——你比我的账户数字多几个零又能如何呢？但我从小也有心里羡慕的男生，直到现在，回想起那个少年时代的自己，还能被当时那种嫉妒心击中。

大约在我读初中时，滑旱冰在西安流行起来，当时几乎所有的孩子都迷上了这项运动，放学后的马路边上、篮球场上到处都是脚踩旱冰鞋苦练的少男少女。路边滑冰趣味有限，很快本城就开了数家室内旱冰城，四周有扶杆的圆形场地，激烈的迪斯科背景音乐，绚丽多彩的旋转激光灯灯光，简直是那个时代最潮最酷的娱乐场所。漂亮的姑娘们总是会出现在最吸引人的地方，并让这个地方变得更加吸引人，所以男孩子们也都趋之若鹜。要想在旱冰场上鹤立鸡群，练就一身高超的滑冰技术自然是当务之急，重中之重，谁不想在这么多美女面前秀一把呢？于是我和几位发小，每日相约冰场，相互鼓励，彼此扶持，期待早日修得一身好武艺，盼能纵横旱冰界，驰名八方。

没多久，我就悲哀地发现，自己在滑旱冰这件事上完全没有天赋，平衡能力差，加之胆小怕摔，进步迟缓到令人发指。每每在冰场上越怕越摔，越摔越怕，到最后经常"堕落"到只敢手抓栏杆，眼瞅地板，一步一个脚印地"走旱冰"。而与我同时"入道"的伙计们，大多已经能自如地边溜冰边说笑，个别人已经练就了"倒滑"的华丽动作，最让我羡慕的是一位比我大两级的高个儿男生，技术老练，动作飘逸，滑冰的节奏配合着背景音乐，恍若翩翩侠客，又似高贵王子，只要他玩起来，就是全场的焦点。女生们痴痴地凝视着他翻飞的身姿，心里多半都在幻想能牵着他的手一起滑冰；男生们则大多观察着他的动作细节，在心里一遍一遍地模仿。角落里，瘦小羞怯的我，咬着嘴唇看着"王子"的表演，心里别提多嫉妒了——那个时刻，如果让我用二十年寿命去交换他的滑冰能力，我想我都会毫不犹豫。

还好我不是个钻牛角尖的孩子，在旱冰还没彻底过时之前，我就已经放弃了这项娱乐。高中时，打台球又在周围的少年群体中兴起，那段时间，学校与家之间的那条长街路边，摆满了露天的台球案子，每张桌旁都有少年手握球杆，弯腰瞄准，球与球之间"砰砰"的撞击声不绝于耳。

我喜欢台球，喜欢这个力度与技巧共存，规则简洁但花样无穷的游戏。可惜的是，在一段时间的上手尝试后，我确信自己打不好——即使姿势模仿到位，触球依旧歪七扭八，没有大局观，也欠缺"大力出奇迹"的运气。我的台球生涯一共不到五十场球，以大获全败的战绩光荣退役，博得了不少耻笑和怜悯。

而同一时期，我的隔壁班有位男生，则因台球场上的不败，成为偶像一样的存在。课堂上、教室里，他成绩平平，不显山露水；放学后、球台侧，他挥斥方遒，傲视众人。只要他拿起球杆开始比赛，立刻围观者众；只要他有好球击出，掌声四起叫好不断——在那条街上，他就是亨得利，他就是丁俊晖，他就是奥沙利文。

在一次闲聊中，这位同学一边将手里的台球杆像猎枪一样举在眼前做出瞄准架势，一边给自己封了一个绰号："翠华路第一枪"。那个瞬间，我的嫉妒心泛滥了，我的脑海里不断浮现着如果这个称号属于我那该多好。

这个现在听起来像憨憨一般的绰号，估计早都被那位同学忘了吧，即使没忘，相信他也绝不会再以此为荣。可这么多年过去了，我却依然记得它，并无数次在拥有穿越能力的胡思乱想中，幻想过回到当年，用一手漂亮的弧线球，光芒四射地夺回这个称号。

街头卖艺之殇

　　这两年不少唱歌选秀比赛里，都出现过曾在街头卖唱的选手。对他们来说，街头并非终极秀场，而只是一个锻炼经验的跳板。他们努力告别街头迈进电视，只因其音乐梦想更宏大，也或许更世俗。

　　有的人通过卖唱来靠近自己的音乐梦想，而有的人的音乐梦想本身就是"卖唱"。我有几个玩音乐的朋友，在西安搞了个音乐组织名曰"周二晚八点"，每个星期二晚上，拎着乐器和音响，搞一次街头公益表演。高校里、小区内、城墙下……都是他们表演的场所，而一张小黄毯就是最朴实的舞台。

　　这种公益性质的街头义演，在全国不少城市都有。比如广州曾有一帮大学生搞了个"小水滴公益行动"，专门为山区捐书义唱筹款；长沙的王学文白天上班，晚上街头卖唱，把打赏用来资助留守儿童；西安还有支由盲人组建的"小草乐队"，也一直通过卖唱为山区贫困群体做宣传。对这些人来说，"街头卖艺"就是玩音乐的终极梦想，成名与否、盈利几何倒不那么重要。我心中一直极为佩服敢于在人潮汹涌的街边肆意卖唱，且能自给自足甚至捐款做公益的歌手，这是一种生活态度，也是最回归艺术本源的表现方式。

"周二晚八点"组织者老叶邀请我参与，我应允得极痛快，却迟迟没有亲自上阵。或许是多年前那次失败的卖唱，给我留下了阴影，心有余悸。

大三那年临近考研，正是我学业紧迫压力重大之时，每天晚饭后去教室占座位上自习，苦读公式怒背单词，疲于奔命恍若一只压抑的狮子。某个周六晚上，连续做完两套模拟考卷的自己，看着一教室密密麻麻埋头苦学的同窗，听着耳机里那首《孤独的人是可耻的》，终于叛逆之心爆棚，不到九点就收拾书包撤了！出了教室门，撞上隔壁班的高岩也正一脸倦态推门而出，我俩遂结伴而行。

高岩不仅是我的同学，也是我的"琴友"，我们常在一起切磋吉他。我俩走在回寝室的路上，夜色黝黑，路灯昏黄。

"你怎么也这么早就不学了？"高岩问我。

"学不进去了！满脑子完形填空！"

"我也快崩溃了，不过你说回宿舍又有啥意思？这大周末的！"

"要不，咱俩去你寝室弹会儿吉他？"

"在寝室弹也挺无聊的，要不……咱背上琴出去卖

我在长安玩摇滚

唱去！"

"卖唱？！"

二十分钟后，两个家伙背着吉他上路了，恰逢一位学姐正洗完澡归来。

"学姐好！"

"哎哟，这大晚上的,你俩背着琴这是干吗去呀,卖唱吗？"

"嘿，还让您给猜对啦！就是去卖唱！"

"哇塞，可以啊！准备去哪儿唱？"

"还不知道呢,出了校门走着看,天涯何处不能卖啊！"

"得，我跟你们一起去，等我两分钟，我上楼拿个鞋盒就来！"

"学姐，拿鞋盒干吗呀？"

"废话，装钱啊！"

又二十分钟后，我们仨已经站在一街之隔的西北大学小广场路灯下，从无街头卖艺经验的我和高岩，不约而同眼巴巴地瞅着学姐。而学姐这时候一只手拿着毛巾擦拭着还未干的长发，一只手熟练地打开鞋盒并置于地上，潇洒地给我俩一挥手："就站在鞋盒后面唱吧，两位歌星！"

硬着头皮的我俩，最终还是勇敢地开唱了。我先来了一首《灰姑娘》，吸引了几个过路的姑娘。高岩又来了一首《大哥》，令几位大哥驻足观赏。紧接着，我俩合唱的《真的爱你》居然引来了观众跟唱，这让我信心大增，手上弹得更加有力，唱得也更卖力了。高岩也备受感染，一首《花房姑娘》吼得撕心裂肺，直令现场妹子们心花怒放。

造势颇为成功，围观者越来越多，里三层外三层的。我一边唱着一边还能看到后面不断有人往里挤，嘴里还急匆匆地询问："这都围在这儿看啥玩意儿呢？耍猴还是唱戏呢？哥们儿边上靠靠让我也瞅瞅呗。"别看场面不小，但掌声寥寥，有的歌唱完后甚至还依稀听到了嘘声。我一边自我安慰"我们唱的歌太前卫，他们听不懂！"一边感觉到腿肚颤抖不已。

　　唱了半个多小时，看热闹的人意犹未尽，我俩的存货却已濒临枯竭——没歌唱了！而最可悲的是，脚底的鞋盒里，依旧空空如也！说时迟那时快，我刚扯着嗓子唱完嘴边这首歌的最后一句"我无地自容！"只见学姐突然跳到面前，从地上捡起空荡荡的鞋盒并高高举起，甩着湿漉漉的长发，一个箭步冲向围观群众，同时嘴里念念有词道："朋友们，有钱的捧个钱场呗，多了少了不介意，意思意思啊！"连哗的一声都没有听到，人群已散。只有一个持着电棍的保安走过来怒斥："这都几点了！还在这儿鬼哭狼嚎，赶紧走！"

　　二十分钟后，我、高岩、学姐三个人坐在了烤肉摊前，一言不发，喝着五味杂陈的啤酒。

　　而那个鞋盒，就扔在桌子下面，已经被我们踩得稀烂。随之一起稀烂的，是我街头卖艺的勇气和信心。多年以后，我早已唱遍大江南北，阅尽天下舞台，底下观众数以万计也谈笑风生，但那一隅街头的歌唱，却成了我再也未敢尝试的梦想。

我在长安玩摇滚

狂欢的时代

　　我所居住的地段，是西安市最繁华的区域之一。今天出了趟门给家人送菜，往日人声鼎沸，交通堵塞的现象，如今荡然无存。街上那荒凉萧瑟的模样，是我童年时才有的景象。也好，我可以好好看看平日里无暇顾及的周遭，这里新开了一家餐厅，那边有一个时髦的文具店……等到疫情结束重新开业的时候，我一定得好好逛逛。

　　其实我们都知道，这场疫情终将结束，人们的生活也终将恢复过往。也许一年后、两年后，最多三年，今日这幅乱象也只成为过时的谈资，早已不被惦记，大家依然会更关心如何发财，怎样消费，明星的八卦，年终的奖金。十几年后，彼时的年轻人在互联网上偶尔聊起这件事，他们会说："当时我还小，记忆模糊，只记得那会儿大人都戴着口罩，聊着武汉，有两天疯狂地抢什么双黄连。"

　　我们人类就是这么善于自愈的物种，在时间的过滤之下，一切伤痛和疯狂都将归于平和平淡。而每一天又会不断掀起新的风暴。

今年元旦时写的一首新歌，本来是自己对时代的思考，如今看来竟有些一语成谶的意味，这首歌叫《狂欢时代》：

他们兑现贪婪恐惧意外
他们哭着相爱笑着离开
他们彻夜无眠彼此伤害
他们拥抱这狂欢的时代

让他们狂欢
反正都会老去　又有何留恋
让他们狂欢
纵有万般腾挪　也逃不出这世间

最后一位智者已经老了
笑嘻嘻的傻子们统治了世界
……

我想把这首歌歌名作为黑撒乐队下一张的专辑名。

此刻，先放下手里的双黄连口服液，让我们端起酒杯，一饮而尽吧。

那些年没错过的大雨

天空乌云密布，黑压压的氛围让人怀疑此刻竟然会是一个夏日午后的光景。而我正站在西宁金银滩风马音乐节的舞台上，一边唱着《西安事变》，一边心里暗暗祈祷天公不要降下雨来。

2010年5月，在大唐芙蓉园举办的首届"西安草莓音乐节"上，就是在我的歌声里，雨水从淅淅沥沥到哗哗啦啦，无情地降落在演出现场。我在台上弹着吉他，眼睁睁地看着台下的观众从咬牙切齿到忍无可忍，最终大部分选择抱头离去，躲到远处的亭子里避雨，只留少数死忠粉，满头满脸的雨水，还在挥动手臂呐喊跳跃。还好舞台上搭了棚顶，我自己没被雨水侵扰，但演出心情颇受影响——那些跑掉的家伙让我心伤，那些留下的歌迷让我心疼。最终匆匆忙忙唱完最后一曲，赶紧劝大家都快去躲雨。一朝被雨淋，十年怕乌云。从此我对室外现场心生忌惮，总会在演出前没完没了地查天气预报，盼一个艳阳天。

人算不如天算，2012年9月，西安外事学院二十年校庆之日，一场大雨不期而至。作为重磅表演嘉宾的黑撒乐队，临阵脱逃已不可为之，只能硬着头皮站上舞台。那场活动在学校的大操场上，下面坐着上万学生，个个身披彩色雨衣，气势恢宏，在雨中高声欢呼，迎接我们的登台。可悲的是，因为事前没有预测到天气变化，学校并未在舞台上搭建棚顶，我们乐队五小强尴尬地暴露在大雨之中，一边演出，一边接受雨水的洗礼。半首歌没唱完，全身已湿透，眼镜都被浇得视线模糊。更加难耐的是袭来的寒冷，阵阵凉风吹过，带走身上一丝丝的热量，留下一片片的鸡皮疙瘩。我就这么时不时哆嗦着，给那首《陕西美食》的演唱中加入了无数自然曼妙的颤音。

敬业如斯，夫复何求！

回到现场——"握手的瞬间，那熟悉的温度，让她突然想哭……"——风马音乐节上，这首《流川枫与苍井空》，我已经唱到了最高潮。西宁的天空终于不堪阴霾，一声响雷过后，雨来了！先是星星点点，逐渐密密麻麻。观众们正沉浸在演出中，非但不急不慌，反而情绪更高。唱完这首歌，我单手指天，调侃一句："这首悲歌，连老天都被感动得流泪啦！"底下一片笑声。

下一首歌唱起来的时候，许是老天泪腺太发达，雨势更盛，且愈来愈呈不讲理之势。雷鸣电闪，夹杂着草原上独有的狂风，让我在舞台上暗叫不好。青藏高原的疾风骤雨真不是盖的，也就一分钟光景，台下已是瓢泼大雨。豆大的雨点噼里啪啦砸下来，观众开始乱了阵脚。但这音乐节搭在草原上，四周压根没有避雨之所，大家也只能勉强用手捂着头，继续观看舞台。此时最酷的一幕发生了，我正弹着琴高歌，左耳边一声闷雷响过，右耳边只闻一声惨叫"哎呀我靠"。待侧头望去，只见头顶的棚顶已被积存的雨水压塌了半边，瀑布般浇下，全泼在贝斯手双喜的身上。可叹小伙意志坚强，人倒势不倒，虽已化身落汤鸡，却依然执着地弹着贝斯。我尚未来得及感慨，那"瀑布"已蔓延过来，刹那间就"透心凉"，一口雨水堵在嘴里，下一句歌词险些改为"呸呸呸"脱口而出。

我们的演出以五个"湿身人"的鞠躬结束，而音乐节也紧急叫停，工作人员们有的去给音响设备盖塑料布，有的爬上棚顶去处理积水，有的去给观众分发雨衣雨伞。而我正背着吉他奔跑在雨中，不远处一公里之外就是酒店，我迫不及待地想投入一床棉被的怀抱。

"街霸"情结

从小，我就是个迷恋电子游戏的家伙。

从红白机上的魂斗罗、双截龙、绿色兵团、沙罗曼蛇、赤色要塞等开始，到接触到街机，玩到快打旋风。这些游戏，直到现在，我还时不时在电脑上用模拟机玩一玩。

我不喜欢网游，只爱单机，至今长期在玩的系列游戏只有NBA 2K系列和GTA（《侠盗猎车手》）系列。

不过在我心里，永远的经典还是《街头霸王》，而且是第二代。

在我初二那年，翠华路口那里开了一家游戏厅，因为门口是家卖水果的，我们那一片的中学生都简称那家游戏厅叫"水果店"。放学后，一帮同学经常相约水果店，不了解真相的路人，肯定疑惑这帮背着书包的小痞子，为什么对水果如此钟情。

水果店在这一片独树一帜，就是因为这家游戏厅率先引进了《街头霸王2》（下称《街霸》）这款游戏。当时，周边几乎所有孩子都闻风而来，游戏厅里那台《街霸》机器永远都被围得水泄不通。因为这是款新游戏，大家对每个人物的技能还属于边玩边摸索的阶段。最开始春丽成为最好用的人物，一度被老板禁止选用——"不能选女的！"而一旦有人不小心在游戏中乱"摇把"歪打正着使出了"好友给"，一定会引起一片惊呼。

作为一个穷小子，每次在游戏厅买"板儿"，我总希望用一个板儿能多玩一会儿，所以总选那个我用得最熟练的人物。最初我准备修炼"狮子"，一段时间后又开始钻研"美国兵"，直到最后我迷上了长手长脚的"图巴海尔"。最好的技术都是在和别人的对战中磨炼出来的，以及在看高手对决时，悄悄偷学别人的招法。

红人、白人，最终还是因为技术全面和帅气，成为大家公认的最强人物。而最初那个被禁用的春丽，则早已解禁，反而用者寥寥。那时候，能熟练运用"好友给"的玩家，大多所向披靡，都成为大家眼中的无敌高人。

玩《街霸》也有些悲哀的回忆。有个周末晚上，我和几个小伙伴蹬着自行车去了水果店。那天玩得有些晚，但兴致一直很高。旁边有几个陌生的年龄稍大些的高中生，看我们几个小孩儿大呼小叫的，过来搭腔。其中一个领头的问我们是"哪个院的"，然后得知我们骑自行车来的，看了一眼门口我们锁好的车子，说他家也在我们附近，一会儿回去的时候，希望能坐我们的顺车。我们点头应允，然后继续埋头游戏里的厮杀，没注意他们几个悄悄走出了游戏厅。二十分钟后，那位领头又走回来，一脸诡异的笑，对我们扔下一句陕西话："我走了，不用你们带了。"

那个年代的年轻人，生活无聊缺乏刺激，所以干坏事经常毫无预兆。等我们意犹未尽地走出游戏厅准备骑车回家时，才发现黑暗中我们的四辆单车被无情地打砸了！有的车轮掉了，有的车梁折了，有的车闸裂了，有的车座断了，而且所有的轮胎都被放气了。我们四个人傻了眼，互相看了看，无奈地扛起各自的车子，一步一挪地往家走。一路上我们极尽诅咒之能事，把那帮坏家伙的全家使劲问候了一遍。对那时瘦小的我来说，扛一辆自行车走两公里的路还是很费劲的，于是心情极糟。而且因为小区门已经关闭，我们只得把自行车锁在大门外，然后翻墙回家。第二天早上再来取车时，发现已经全部被盗！那是一个丢自行车是家常便饭的年代，印象里那是我第一辆被偷的车子。早知道会被偷走，前一天晚上我又何苦以九牛二虎之力将其扛回来呢？

再后来，翠华路一线新开了好几家游戏厅，因为离家近，后来我就转战植物园门口那了。那个时候，我玩《街霸》已经非常娴熟，经常一个板儿打到最终BOSS"警察"。常在玩的时候，背后一群小孩围观助威，打到好处只闻一片啧啧之声，虚荣心得到极大满足。

我有个朋友李斌，颇有几分机智，玩游戏天赋不低，那段时间玩街霸用红白人儿格外厉害。某天下午放学，我们一起在植物园游戏厅玩《街霸》。当时那台机器正被人占着玩，一个瓦胡同的混混，比我们大两级。那人手里板儿多，死一次就续个板儿继续玩，迟迟不见下机。李斌性急，忍不住坐在副位，也塞个板儿，说了句"来，咱俩对练"。那混混看了李斌一眼没说话，两人开始在游戏里鏖战。李斌直落三局，不但战局完胜，嘴里还一直嘟囔着诸如"弄死你，看拳，吃我一腿"之类的词句。混混手里最后一个板儿也被干完之后，默默站起来，突然给李斌脸上一记耳光。李斌没反应过来，张口一句"你妈"，话音未落，一记重拳封住了他的嘴。混混算是报了游戏里被打的仇，心满意足地扬长而去。而一串眼泪，从李斌的眼角淌落，打在了游戏机的按键上。

后来，越来越多的经典街机游戏涌现，比如《三国志》《侍魂》《拳皇97》《格斗》等。《街霸》被逐渐冷落、遗忘，很多游戏厅里已经抛弃了这款游戏，即使留有，也很少有人玩了。

但它一直在我心里，多年后，当在电脑上可以安装街机模拟器时，我毫不犹豫第一个装上的游戏就是《街头霸王2》。当熟悉的音乐响起，当我操纵着土巴海尔，与游戏里的英雄们一一过招之时，所有熟悉的感觉，那些夏夜里如痴如醉的少年的面孔，那些无数个睡梦前曾在大脑里暗自研习的招数，那些曾经轻易就能获得而如今却极难拥有的快感，全都回来了。

看招！土巴海尔！

在西安，熬夏不如乐夏

夏天的西安，绝对不是一座省炭的火炉。三伏天来临之际，就是蚊虫都得依着那句老话生存：哪儿凉快哪儿待着去！

不过，咱们老陕对于炎夏的耐扛能力，一贯不差。前两天某个酷暑之夜，黑撒乐队应邀去往西安周边某民俗小镇做户外演出，一路上我迎着扑面而来的热风，心里颇为担忧表演现场的观众数量——这么大热天儿，不都应该赖在家里吹空调吗？虽说这演出不售票，可谁会顶着酷热专门跑出室外去看演出啊！

事实证明，我太低估乡党们对看秀的热情了！偌大的舞台下，早已挤满了密密麻麻的人。放眼望去，男男女女老老少少起码有万人之多，丝毫不亚于摇滚音乐节的火爆。我在台上唱得大汗淋漓，舞台下观众也必然挥汗如雨。不过掌声欢呼声依然不绝，完全不见被炎热的天气折

我在长安玩摇滚

磨的疲态。

也对，面对这炙热的夏日，与其苟且煎熬，不如乐在其中！

想起去年夏天某日，在秦岭山边的迪比斯水上乐园演出，那个舞台就搭在游泳池畔，我们在上面演唱，而观众们则全部身着泳衣，站在面前的泳池里！那场演出是我表演生涯里与观众互动最个性的一次——每当观众想表达激动兴奋的心情时，没有掌声、没有口哨，更没有荧光棒和拍照的手机，却有漫天的水花被他们从泳池里泼到舞台上来！台上放声高歌，台下水花四溅，这感觉真不是一般的酣畅。几首歌唱罢，我从头到脚已被水淋透，恍若身处西双版纳的泼水节，真是一场夏日的玩乐狂欢！

不过，相比这种聚众式的放肆自在，有些朋友更倾向于宅在家里——倚着空调、捧着西瓜、吃着冰棒，如果再配上一部适合夏天的电影，或几首夏季专属的歌曲，倒也堪称享乐的极高境界。夏天看的影片一定要清凉通透，太晦涩的不要，太无趣的不要，"文艺小清新"正搭调！北野武的《那年夏天，宁静的海》，每一个镜头都透着迷人的蓝色，整片几乎没有台词，却非常抓人，久石让的电影原声音乐也是优雅无比，特别是片尾曲真是点睛之笔，把浪漫推到极致；台湾魏德圣导演的《海角七号》，故事文艺又富有小趣味，画面干净清澈，演员朴素自然，传达的情感却深入人心，影片里的每一首歌曲都悦耳动听，值得一听再听；韩国电影《阳光姐妹淘》，用温暖的构图和光影，讲述了七个中学女孩纯纯的同窗情谊，故事有欢喜也有眼泪，有矛盾也有团结，当影片收尾最后一曲响起时，满屏幕都是感人的画面。

观影、看秀、烤肉、啤酒，哪一项都是快乐满满。不过对于我，夏天里还必须做一件事——玩自拍！甭管是约上摄影师好友互拍，还是举着自拍杆自拍，都能收获满满。这个季节正适合秀出你最漂亮的T恤，亮出你最灿烂的笑脸，摆出你最炫酷的姿势。夏天的人像照是四季里最自然、最大方的，千万别错过哦！好了，不多说了，我去沣峪口自拍去喽！

我在长安玩摇滚

奔跑而过，那不可逾越的距离

冬夜渐深，寒意凛凛。

我裹紧运动服，伴着耳机里一首首歌曲，奔跑在曲江南湖的岸边。

脚步迈过青石板路，踩过石桥台阶，不时超越那些与我一样正在夜跑的人。

这个古城的夜晚，每一个夜跑的人，或许各怀心事，但当第一滴汗水淌下来的时刻，大脑一定是舒缓而快乐的。我喜欢跑步，正因之带来的不明所以的满足感。

去年的某个夜晚，也是在曲江池畔奔跑之时，脑海里涌出几句歌词。身旁的景物不断落在身后，而一些幻象如同电影画面一般出现在脑海中：曲江淹没长安，城墙站上云端，庄稼长成森林，火车逆向行驶，大雨飞上天空，大象爱上蚂蚁……

这些场景，也许不会成为现实，所以我们终究不能在一起。

但当我歌唱起来，那一幕幕画面是多么美好而浪漫。

世间的情歌但凡唱到痛处，大多暗哑低沉或是撕心裂肺，但这不是我理解的爱情。

漫漫人生，相遇已不易。只要真心相爱，哪怕因重重阻隔不能与子偕老，但至少该欢悦地绽放，至少该微笑着歌唱。就像歌词里我引用崔护的诗句"人面不知何处去，桃花依旧笑春风"，只要桃花还在，或许爱的希望就不灭。

脚步不停，灵感不止。

第一次意识到写歌可以不用窝在工作室，不用依赖旅途，不用怀抱纸笔或吉他，甚至不用点燃一支香烟。那些文字与旋律跟着我奔跑的步伐，跃在脑海中，排列组合之后再修正完整，让我足下雀跃却心怀安静。

人世间总有些事难以圆满，环境有之、理想有之、物欲有之，爱情更有之。怨天尤人，不若心存感激，有遗憾的人生才称得上完整。纵情奔跑在这世上吧，脚步丈量的不只是物理的尺度，也在跨越过生命中所有不可逾越的距离。

继续跑下去吧，跑过美丽又沉重的西安城，跑过从午后到凌晨流逝的时光，跑过大象和蚂蚁之间不可想象的相爱。

妈妈，请不要悲伤

妈妈，你离开我已一年有余了。

时间真是治愈的良药，曾经历那么痛苦压抑的大半年，如今我能走出来，并且继续快快乐乐地生活着。你一定也为我开心吧——毕竟，你是如此无私地爱着我，几十年从没有变过。

只是，我的后半生里没有你了。每当想起这件事，心里还是会觉得空荡荡的，像一首歌里少了贝斯，像一盘菜里缺了味精。

人生总会留下各种各样的遗憾，"子欲养而亲不待"则是从古至今不可破的一种。庆幸的是我从小到大的选择都从未离开家乡，始终在你的身边，也因此能在你生命最后半年陪伴并照顾你。其实你走的那一天我已经有了预感，所以提前通知乐队同伴，自己可能没法参加西宁的音乐节。也好，这也让我能亲眼送你离去。你临终的最后一眼也是望着我，只是，那时你眼神里已没有了灵魂。

原本我计划得蛮丰富，想在2018年好好为你过一个八十大寿；想带你去趟北京看看天安门，去程飞机，回程高铁；想把你的几道拿手菜学会了，再做给你吃……

然而所有的计划，都没能赶上变化，这也成了我此生无解的憾事。

2015年我写了一首歌，叫《妈妈，请不要悲伤》。那时的你还很健康，可我写完它，在试唱的时候居然流了泪——我不敢想象失去你的我会是怎样。2018年6月在北京录《废城甜梦》专辑，我在录音棚里唱这首歌流下了眼泪，一遍而过——那天的你，躺在西安的家里，已然病入膏肓。我吃惊地发现，这首歌词里的每一句，写的正是我现在对你的心情，太残忍。

从那次录音以后，我再没开口唱过这首歌，甚至不敢去听。而专辑还没制作完成，你已经离我而去了。人生啊，太多无奈，如果一切真是有神安排，那神也必是个爱折磨人的家伙吧。

你患病这半年来，我忍着无比的压力和痛苦，依然咬着牙把黑撒的新专辑做完了，且该演的演出一场都没有少，我知道你也不想看着我成天守着你的病床陪你痛苦。只要想起你痛苦的模样，我的泪水就一直止不住。

是啊，这滋味回忆起来依然不好受。每次回去看你的路上，与从家离开的时候，心情迥然不同。每天见到你之前，我都盼望也许昨夜有什么奇迹，能让你略有好转。当然，这样的愿望几乎从未实现，你的病情日复一日恶化，也让全家人越来越抑郁。我想对你来说，最大的安慰，也就是爸和三个孩子虽然烦躁而疲累，但都在你身边贴心地照看吧。

陪你住院的那些时光，也见识了不少人生荒唐。喜怒哀乐，全面地呈现在医院里各种人的脸上：有农村来的面对大医院规范式管理一脸茫然的患者和家属，有领导干部一派优越感十足的颐指气使，有年轻男女随遇而安爱意盈盈的甜美。医院的环境我不喜欢，但它真的很真实。每个医院都是一个小社会，藏着无穷无尽的故事，每个人的故事不足为奇，但对于他和爱他的人来说，却又盛大无比。在医生和护士眼里，你只是某张病床上的晚期患者，而在我心里，你是天。

那段时间我经常也会魂不守舍，7月的时候，我写了一段文字：

"回师大的路上，很多次都会有错觉，好像又一次看见妈妈在翠华路上走着，就像很多年前一样。有时候手里提着一兜菜，有时还会拎着一包药，步履不是很敏捷，但是还算得上轻快。有时候她会看见我，吃惊中透露着开心；有时候她没有看到我，那么我会在两人擦肩的时候突然给她打个招呼，或者悄悄躲过她。但我突然明白，我这些想法全部都是错觉，现在的她不可能再出现在这条街上，甚至根本不可能直立行走。妈妈此刻一定还躺在家里的床上，刚刚从吗啡的药劲儿当中清醒过来，又一次陷入疼痛的绝望，或陷入药力的幻觉之中，大脑里不知道正在出现什么怪力乱神的画面。支撑她生命延续的也许有很多因素，但生存的本能必定是最重要的一种，除此之外，也许她是希望五分钟后，她的儿子，暂时地隐藏起沮丧的情绪，堆出一脸微笑，站在她的床前。"

我的生活就像这段文字所描述的那样，错觉不断。在我的人生当中，经历过很多次无助的时刻，少年时被混混约架、读研时科目被挂、做"绿洲"网时被网警关站、炒股时跌到一塌糊涂，甚至 2018 年 7 月遭遇 P2P 雷潮一夜之间损失几十万，但是这些都不至于让我垮掉。而你患病，却给我带来巨大的无助和绝望感，让我意识到自己依然会脆弱得像个孩子。父亲瞬间找不到北，让我觉得自己更要坚强，依赖父母、依赖孩子、依赖爱人，最终都可能失望，只有保持自我独立才能屹立不倒。还好我这么多年来一直修炼得足够独立，从精神到物质，从灵魂到肉体。这才让我能扛住痛楚，一直笑着陪你到最后。现在我是这世界上最坚强的人，你照顾了我半生，我守护你人生的最后阶段，以后的路没有你陪着我，我还会擦干眼泪继续向前走。

我们之间的回忆太多太深，不知道在你心里，都记着我的什么？我如今也为人父，懂得家长对孩子那无尽的爱。而也因此，反向的更懂得孩子该有多少感恩。

姬秀梅女士，你是我心目中世界上最美的女人，记忆当中有太多的细节和碎片：记得我很小的时候，你骑着自行车带我去看病，那么大的斜坡，你骑着一个小自行车，吭哧吭哧地把我带上去，而我却懒得下来走一步；记得你偷偷给我买零食，放进我的抽屉里，害怕被姐姐看到说你偏心；记得我叛逆期的时候，说了很多伤你心的话；记得中考前，你从游戏厅把我抓走的时候一脸的愤慨；记得你第一次在大唐芙蓉园看我演出，害羞的我居然没敢问你看完的感受，但是我想你心里一定为我自豪吧。我的乐队出版发行第一张专辑的时候，我不好意思给你听，因为怕你接受不了写出那样歌词的我。我一天天成长，变得越来越完美，离我心目中的理想生活越来越近，而你却日渐苍老。每当我的思想和你相悖，坚持是我的个性，而你最终都选择了妥协，我总试图用我的道理和你沟通，你也总试图用你的经验来说服我，我们之间有过很多的矛盾。但是我永远相信，你始终是世界上最爱我的那个人，而对你来说，我也是。其实外表叛逆不羁的我，骨子里还是很传统的，而这种传统就遗传自你，继承于你——这种影响永远在我身体里，不会抹掉，不仅仅是我的长相，还有我的性格，都留着你的影子。我想我也会记住你说的话，一直去做一个善良的人。

这篇文章前前后后断断续续写了一年多，不是刻意拖延，只是力图逃避，我总担心自己还无法面对这些回忆，怕写字的时候又一次流泪。

但还好，今天我没哭。我说了，我是世界上最坚强的人。

妈，阳光明媚的冬日，此刻我想你，嘴角上扬。

混搭音乐的盛宴

　　最近的天气有点反复无常，乍晴还雨，雨过又晴，有点像自己的心情——全因折腾一场不插电的演唱会。做自己乐队的专场，和参加音乐节的确完全不同，虽然享有百分百的自由策划权，但却也得付出百分百的操心和风险担当。好在，为了分享自己的音乐，一切的劳动都显得超值。

　　连续表演二十首歌，对我来说算是个空前的纪录，对体力也是很大的考验。很佩服那些能连开几十场演唱会的家伙，难道都是不死之身吗？黑撒很少这么密集地高强度排练过，每个人都有了身心俱疲的体会，这也算是一个乐队发展路程上必经的苦修吧。

　　不插电的演出很适合夏天，相比爆裂失真的吉他、撕心裂肺的呐喊，我觉得木吉他、口琴配以浅吟低唱要清凉许多。在摇滚现代史上，经典的不插电演唱会不少，个人最中意Nirvana（涅槃乐队）、Eric Clapton（埃里克·克莱普顿）以及Alice in Chains（爱丽丝囚徒乐队）那三场，每次听都能找到其中的趣味。黑撒的不插电，窃以为也有不少亮点，相比唱片里的嘻嘻哈哈，情感的表达和旋律上会更突出一些。在排练中最喜欢《妄想狂的爱情歌曲》，加上萨克斯的solo演奏之后，唱起那句"想要拉着你的手和我一起逛逛小寨"时，画面感提升了不少。另外在《醉长安》里加上了二胡的表演，让歌曲的混搭感更强——这时代流行混搭文化，无论是时装、文艺、思想都在寻求一种碰撞化的美。其实我心目中的黑撒，本就是一种混搭的集合体，采摘各种音乐元素融合在一起，仿佛小时候看的"蓝精灵"里那位格格巫，总在用无数种成分掺和起来调出想要的药水。在这种实验里，达到"信手拈来"该是最高的境界了吧，道行不够的我，还得在这条路上继续上下求索。

期待有一天，能烹出一道混搭的音乐盛宴，该是怎样的场景。

火车快开

闲来无事，翻看这半年来积累的歌词及诗句创作点滴。有一个发现是，其中的大多精华，都是我在旅途的火车上写就的。

我有个习惯，就是平日脑海里偶然闪过的灵感，都会即刻记录下来。有时是在本子上，有时则在手机里。在需要用的时候，会先从这些积累的灵感里捕捉思路。最近一年思维封闭，火花渐少，留下的灵感片段也不多。翻阅后惊觉，火车上竟是我与自己内心对话，倾吐心声最多的场合！

或许真的如此，飞驰的火车是激发我创作才华的源泉。

这几年出行次数渐多，无论是演出、各类通告或是旅行，大多搭乘飞机。其实我对坐飞机一向无甚好感，除去第一次的新鲜感，后来的乘坐体验都倍感无趣。特别是旅行时，空间的瞬间转移，总缺少那么些"在路上"的味道。相比起来，轰隆隆摇晃奔跑着的火车，更让我有一种肉体和精神双重远足的快感。

第一次坐火车，是高考结束那年的暑假，和家人去洛阳玩。只有六七小时的空调列车之旅，印象并不深刻。而大学本科毕业那年的夏天，独自一人坐火车去北京，是记忆中很有趣的一次。坐在硬座上的我，一整个通宵都在和瞌睡做斗争。好在随身带了一本村上春树的《象的失踪》，靠读小说勉强让十余个小时的旅途变短了些。而从北京再次独自坐硬座回来的途中，尝试了和同座的年轻人搭讪，话题固然乏味，但有效地治愈了一下我内向的脾性。

从平遥回西安的火车上，我没买到坐票，深夜里几个小时站着回来，现在回想也实属不易。凌晨时扛不住在车厢交接处觅到一处蹲坐之地，旁边有一对朋克小情侣拥抱着吸烟，瞬间觉得自己无比孤独，那画面至今都记忆犹新。和樱桃一同坐火车去成都玩的那次，我头回体验了"绿皮车"的滋味。居然可以在车厢的座位上开着窗户抽烟，让车窗外的风肆意打在脸上，这是很妙的体会，于我也是唯一一次。

在去日照的火车之旅上，我第一次迸发了创作的欲望，站在无人的列车通道，拿起手机写下这么几句：

他立在人群中间 张开双臂

虚张着声势 假装很有力

每个经过的人 不留下一丝痕迹

他却以为 人人都怕自己

在人生旅途中 你我都曾扮演过稻草人

一阵风吹过 就成了落魄的化身

他小心提防着被人偷走自己的心

其实躯壳里 只剩稻草和灰尘

列车固执地经过身旁

泛起 稻草人的忧伤

去往甘南的火车上，深夜躺在卧铺上，在机械枯燥的车行声音中，我的心早已飞出列车飘向远方，手中记录下如下零碎的句子：

有多少夜晚醒来

你不知自己是谁 身在何处

身边的每个面孔都如此陌生

你像个孩子一样无助

我要带你 去那大山的深处

在无人的峡谷 一起跳舞

我想在草原上 为你摘一朵蓝色的花

沿途的风景最美 而她永不枯萎

在从昆明到大理的火车上，头戴耳机听着电子乐，敲打手机写下更多更多的文字，偏生肉麻至极：

天空亮了 天又黑了

关我什么事

电视亮了 电视灭了

不是我干的

我爱的人儿丢了

打开报纸 没你的名字

撕掉它 没意义

翻起手机 你没有消息

空气里没有你信号的痕迹

我爱的人儿丢了

走在街上 人群穿梭

听不到你在其中唱歌

关掉台灯 习惯性伸出手

你没在我怀里

我爱的人儿丢了

无论诗句、歌词，或是些文字的散碎片段，所有火车上创作的东西远不止如此。更多的灵感在火车上迸发，并积蓄下来。

我期待下一次的火车之旅——也许又是一次盛夏的出行——在将我浮躁的躯壳带去远方的同时，也能在我的内心深处荡漾出不同的涟漪。

读书与买书

2019年来了，今年做计划时，特意列了一份书单，把本年度准备阅读的内容提前规划好，也算布置作业吧。内容涵盖的倒是丰富多彩：小说自不可少，诗歌也需有之，传记、散文、科普、哲学之外，还附带了两本"鸡汤"，若能全部如数读完，绝对称得上功德圆满了。

素来不喜以"读书人"自居，总觉得有些造作，就好像我也很少给自己堂而皇之挂上"音乐人"的头衔。但爱看书，这是从小沿袭的癖好，几十年来从未变过。识字开始就迷上"小人书"——也就是连环画——单本的《半夜鸡叫》《高老头》《王子与乞丐》《这里的黎明静悄悄》等至今都倒背如流。整套的更是视若珍宝：《三国演义》《水浒传》《东周列国志》《说唐》《封神演义》《薛刚反唐》《杨家将》……从小脑子里就装满了各种正史、野史、神话故事。

那时候图书资源匮乏，一本书总得翻来覆去地看才有"物尽其用"的满足感。父母倒是舍得花钱给我买书，长大后每每说起来让我感激不尽。我家算不得那种传统意义上的知识分子家庭，但父亲爱读书，母亲重教育，也给我营造了一个极好的童年阅读环境。

高中三年因学业繁重，课外书阅读较少，下一个高峰期就是大学了。四年本科，三年读研，结识了不少爱读书的朋友，从他们那儿也没少蹭书看。"书非借不能读"，往往借别人的书，读完的印象最深，影响最大。那段时间看的最难忘的几本如《挪威的森林》《生命中不能承受之轻》《麦田里的守望者》《晃晃悠悠》，全是借阅。

真正开始主动去买书，该是工作之后了。那时自己在西安高新区租了一套大房子，空荡荡的，下班后回家总有种荒芜感。于是去家具市场买了个书柜回来，开始购书往里填塞。那几年当高校教师，每日讲课辛劳，回到家中只想读些省心、暖心、开心的书，于是买的大多是小说。王朔、王小波、金庸、古龙是最多最全的，虽然我之前基本都已看过，但还是一沓一沓抱回来扔进书柜里，这样做心里有种莫名的踏实。那段时间也有几本固定阅读的杂志，如《灌篮》《甲壳虫》《通俗歌曲》，如今后两本均已停刊，而质量大不如前的《灌篮》被我写进歌词之后，也离开了我的视线。

书多了最大的弊病，就是怕搬家。我以前洒脱如游侠，视搬家如旅行，从不觉得自己有多少家当细软。但随着藏书渐多，每次搬家开始成为煎熬。搬迁之前夜，书要一本本从书柜里取出来，再一本本摆进纸箱，或是用绳扎成捆，摆放成堆。搬家当日，搬家公司的小哥往往先因我家具颇少而暗喜，然后就陷入搬书的苦痛中不能自拔，连声抱怨："你家书太多了，书箱子简直比沙发还沉！"到了新屋，那些扎成捆的、塞满箱的，又要一本本解封、上架，分门别类归置。那些书啊，也就在这样的流动中，染上更多岁月的尘。

前几年买了新房，三室两厅，不论父母如何帮我规划生活，特别是反复强调将来要为孩子考虑，我还是坚持留了一间作书房——这是一个爱书之人的执念。纵使我的书房并不那么传统——文房四宝不全，四壁字画空空，倒是摆了两台电脑、三把吉他、四台音箱——但只要书架上有书，关起门来，这就是一个完美的小世界。

不再担心搬家之愁，我也就放心地买了整墙的书架，并肆无忌惮地把心仪的书买回来。平时没空去书店，当当和亚马逊就成了购书的主要途径。不承想两三年的时光，这庞大的书架竟已有点不够用了！我自诩不是附庸风雅之徒——不读之书绝不买，哪怕是经典名著或是火遍网际——可见如今自己想看的书还是足够浩瀚，幸之！

我看书的速度不快，读起长篇时，因为记性略差，常常读到后面要翻前面去补课；或是有时读到一些引发思考的文字，会掩卷长思；更甚者如果触发了自己的"灵感开关"，可能马上就得提笔写点什么。所以按照每天平均读书一小时来计，一年差不多也就读二十本，其中精读与泛读各半。

然而我每年购书之量却总不以二十为限……这样久了，难免有力不从心的颓唐：此生能否读完所有我爱的文字？恐不可得之概率十之八九。更何况，还有很多已阅佳文，尚需反复读之品之学之习之，该当如何？

此问题困扰我倒没有多久——新年伊始我已想通，豁然开朗。人间璀璨，迷人的事物总是层出不穷、无始无终，此生纵使寿比南山，也不可尽数享有。电影、文学、音乐；金钱、衣饰、器物；美食、美景、美人，哪一样都无法悉数囊括，饶是精英权贵，哪怕富可敌国，谁又能不留遗憾地走？不若沉下心来，得拥有时即拥有，该享用时就享用。饭要一口一口地吃，钱要一块一块地赚，书嘛，自然也就一本一本地读就好了。

那些读不到的文字，那些遇不到的作者，和他们相逢在另一个平行世界吧。在那个世界里，也必定会有人第一次听到我唱的歌。

翻译与翻唱的风格

　　近日无甚新书好读，在书架上翻来翻去，找到了一本旧书——村上春树著《1973年的弹子球》，林少华译本。这本书大概是十年前买的单行本，大致情节已在记忆中模糊。躺在床上随意浏览，读到熟悉的林式文字，突然想起两年前买到的小说《1Q84》。那本书译者是施小炜，读其译本，对于熟读村上春树的我竟有些陌生。许是之前读到的村上，都是林少华翻译之故吧。

　　那段时间，在网上看到很多村上迷捧施抑林，理由不外乎林少华的翻译不够精准，个人风格过于明显。其实对于小说翻译的好坏，我觉得很难有个绝对的评判标准。作为读者的我来说，读小说无论是原著或是译本，但求好看。记得十几年前初读村上的小说，不管是情爱惆怅的《挪威的森林》，还是迷幻抽象的《世界尽头与冷酷仙境》，我都深深被其文字风格和新奇的情节所吸引。后来读了其他译者的版本，发现情节固然不变，但文字风格却截然不同。所以我喜欢读的村上春树，应该说是作者本人与译者林少华的共同创作成果。不知道这样的读者是否只我一人，但谁也难否认林少华的文字自成一派，很有特色。

又想起常看的杂志《城市画报》每期的最后几页里，有署名为"天冬"的一个作者的短篇小说专栏。此人的小说篇幅不长，故事情节通常天马行空，颇具"村上春树"味道，更绝的是，他的文字风格特别是人物对白，几乎原汁原味照搬林少华的村上译风！随意摘抄几段对白如下：

"嗳，不瞒你说，此前一直想着：诀别是何等感受来的？想必悲凉吧，有如喜马拉雅山上的坚冰融入恒河，全然不作停留地呼啦啦奔向印度洋一般。就那么悲凉。"

"明天一早就离开。"在咖啡厅岑寂的角落里碰面，男子开口的第一句话便是如此，"有点事，倒并非什么大不了的事，陈年琐事罢了，想和你讲。我说，可记得那个女孩子？"

"那年初夏，唔，有一次登山宿营活动。"男子并不在意我是否能够随之回想起过去的情形，不不，与其说不在乎，不如称之为陷入自我之中更为妥当，总之男子自顾自地讲了下去："你们好几个人因故未能参加，事实上仅有三人去宿营。那一晚，我对小微告白来着。"

女孩只是望着夜空，长久地失却了言语。"那不行的。"最后女孩说道，"诚然，我是中意你来着，做恋人也未尝不可，但那样想必难以长久。跟你说，可看到那两颗星星了？我们之间——你所能给我的与我所希求的——距离便是如此长远。有几光年呢？或许上千上万光年也未可知。并非你的问题，喏，正如并非那星星不够耀眼，但总之，结果即是如此。"

读过村上小说林译本的人，看到以上段落相信一定深感熟悉吧！我只能赞叹"天冬"其人对林少华版的村上小说研习真深，能写出这么相像的东西。说是仿作也好，山寨也罢，起码很到位。这也从另一方面说明，林少华的文风独到，已可供人用于模拟了。

写到这里，又不禁联想到歌曲的翻唱领域。现在的歌坛翻唱成风，有的被斥口水，有的被奉超越原作。那么究竟怎样算是好的翻唱呢？我觉得如果不能模仿得和原唱一模一样，那就必须充分发挥自己的风格，如此一来，不仅避免沦为口水歌，还有可能赋予歌曲充满自身亮点的新貌。在酒吧里听过太多歌手的翻唱，大多苛求忠于原作，从嗓音、编配、情绪都尽力模仿，却难给人太多回味，倒是那些勇于"黑整"的翻唱作品给人"耳"前一亮的冲击。从这个角度来回想几个月前的《中国好声音》，王韵壹、袁娅维、吴莫愁等人是远胜不瘟不火的梁博的。

归纳下自己曾翻唱过的歌曲，从"是否烙下个人印记"角度来评判，基本算合格。唐朝乐队的《九拍》、袁惟仁的《恋曲L.A.》、枪花的 *Don't Cry*（《不要哭泣》），再加上前几天唱过的郝云的《活着》，都透着浓浓的"骑士味儿"——这绝对是件值得骄傲的事，也是接下来自己那些翻唱计划的基本要求！

读着这本《1973年的弹子球》，尽管我不懂翻译，也无权对施小炜和赖明珠的译本指手画脚，但我会期待村上春树下一本小说的林少华译版！

和大腕保持距离

前几日经朋友介绍，结识了一位本城文艺圈"大鳄"，相约某夜共进晚餐。此公年方四十有余，横跨文学、音乐、曲艺、社交等多个领域，二十年前名声就已如雷贯耳，绝对货真价实的大腕级人物。有缘得见，自是不敢怠慢。赴宴前特意将其出版过的文章一一复习，出门前还对着镜子一番梳妆，盼着留给大腕一个"时尚而不致轻浮"的好印象。

会面地点在城南某饭馆，我与大腕对面而坐，我正襟危坐，他随意自然。大腕扔过来一份菜单，很大气地说："这家菜还不错，喜欢吃什么随便点！"那大度的语气，洒脱的手势，一瞬间令我甚至错觉他是饭馆的老板。出于礼貌我只点了几样小菜，大腕面露慈祥道："小伙子嘛，要多吃点，饭量怎么这么小？"他洋洋洒洒又要了几道肉菜，颇显豪迈。两杯酒下肚，大腕话匣子打开，此后约两小时的饭局上我几乎再无一言，除却点头称是，只剩默默夹菜。大腕先是将自己的发家史娓娓道来，如何如何迈入文艺圈，如何如何呼风唤雨，人脉广阔如交际花，才华横溢似郭小四，眼光独到赛乔布斯，继而掰着指头鄙夷了一圈行业里各种成功人士，话语间透着难以遮掩的傲娇气。听起来，他的势力范围不仅覆盖三秦大地，而且早已蔓延到华北平原和四川盆地，甚至遥远的东瀛也难逃控制——大腕啃一口腰子，嘬一口啤酒，右手食指呈九十度直指天花板，唾沫星子横飞："我让谁红，他（她）想不红都难！"

饭吃到这份上，我已无任何胃口，只盼早点离席回家玩我的美拍、美团、美图秀秀去。大腕一口干了最后一杯，掏出手机道："你的乐队其实玩得还不错，来咱们拍张合影，我回去发个朋友圈。"我身躯僵直、笑容僵硬、酷若僵尸地拍了照。大腕莞尔一笑："今天这顿饭吃得很开心，我还有点事先走了，你再吃会儿？"未等我有反应，他早已扬长而去！面对桌上一片狼藉，我只能苦笑着招呼结账。

这等经历于我数不胜数：某本城曲艺前辈媒体上露面一贯德高望重，忧国忧民忧艺术，哀天哀地哀春秋，私底下碰面三句话不离下半身，五分钟必谈苍老师。某本城音乐圈高人对外素来"理想"二字不离口，俞混俞苦，俞苦俞混，简直是励志典范，堪称一碗活心灵鸡汤，某次合作后才知其坑蒙拐骗全不吝，一心只奔黄金屋，所谓追寻理想只是幌子一面。昨日一歌迷与我街头邂逅，索要签名后闲谈片刻，突然摇头道："曹老师，您这么平易近人，您家里人知道吗？"我正迷茫中他又复言："您在舞台上那么张扬，现实中却如此低调，一点儿都不像个rocker（摇滚歌手），让我真有点失望！"

俗话说"距离产生美"，世人不余欺也！

理想是一棵摇钱树？

　　每年到了年底，我都会反思这一年自己都干了什么，是否距离理想又近了咫尺。在这个急功近利、人心浮躁的时代，没有点理想，活着还真挺没劲的。到了这年龄，目标变得越来越实际，实现概率极低的那一类"梦想"就那么梦着吧——其中大多数说出来连自己都忍不住吐槽——能投入心智去争取一下的大多相对靠谱些。通俗地说，诸如做做美食、泡泡美女、拍拍美景等，间或写个小曲儿抒抒情、骂骂街寻求点人间共鸣也不失为乐事。

　　同事LJ老师说我是个典型的"实用艺术"工作者，搞艺术的功利心挺强，我初始不以为然，深思后不由得点赞。相比那一类以学院派理论研究为主，一切作品均引经据典有理有法，偏生大众难以欣赏如坠云雾的所谓"纯艺术"浸淫者，我的确"实用"许多。特别近几年，说无心插柳也好刻意经营也罢，艺术成为自己最主要的饭碗，更把"实用性"提升到了新的高度，愧之？幸之？

音乐——特别是摇滚乐——是我少年时的理想，为之确实付出不少心血，然获得更多——物质投资都以高回报收回，精神投资更以庞大的快乐和满足感作为报酬填补了我的人生。这么看来，理想何止只是一棵摇钱树，这树上结的果实品种多样，对得起那每日忙来忙去的辛劳。生活在经验里，大厦还未崩塌，我人生随后的理想但愿也都能如此，精神与物质双重享受，每天一边埋葬青春，一边奔向理想——这该有多幸福！

忆往昔，我写过不少关于理想的歌，不妨选其中几首代表性的归纳总结一番，且看看自己内心有多少正能量作励志之用。

今年秋天，我为陕西省大学生话剧节写了主题歌《追梦的舞台》，该算得一首纯励志的追寻理想的作品。里面有几句歌词很满意，抄录如下：

还记得找到理想的那个夏天
我快乐无边 像个孩子一般
无数个夜晚 沉浸在黑暗里面
幻想着会有属于我的光环

青春是一张白纸任你耍酷
理想是一张画布它不会落幕
这是我的故事 你不用模仿

因为你也会拥有属于你的那条路

我会一路在追梦的舞台上攀缘
时光变迁 一切都不会改变
我的歌声 如果此刻你能听见
请你微笑着 站在我的面前

不过这种对理想赤裸裸的表白和赞颂，稍显肉麻。其实更多人，内心对理想的追求是隐忍和低调的，而在这种态度下的坚持和执着反而显得更珍贵更难得。那些成天把"我的理想是×××"挂在嘴边的人，通常都是些说得多做得少的家伙，连小朋友都知道无论过生日或是看流星时许愿必须内心默许才能实现，而终日张口吆喝恨不得把自己的梦想公之于世甚至在CCTV滚动播出的，我真看不出心诚在哪儿。

2006年写《给娃买把吉普森》，应该是我第一次在歌曲中完整表达追梦和挫折的主题。借着"我想要问问你我的妈呀，能不能给我买把吉他"，阐述内心对理想的向往。这首歌的灵感，部分来自我真实的体验——虽然我未曾背井离乡，我的父母也给我买过非"吉普森"牌的吉他，但他们在很多年里始终对我的音乐道路持怀疑和不赞成态度，为之在家里也发生过不少争吵——那句"你知不知道你娃想的是啥"也是我当时对父母的真心倾诉。

2007年写《这个古城》，当年正步入而立，却对未来一片迷茫，想揭竿而起又盼着被招安般的矛盾都体现在歌词里。我写下"理想是一场春梦，我离它越来越远"的句子来发泄我的不满和绝望，又用"回忆是一颗子弹，我用它来结束我的悲观"来表达我对旧日记忆的迷恋和依赖。想来那时我更愿活在过去，而不是追寻未来。

2008年写《孩子们的理想》，彼时正在经历乐队的快速成长期，面对很多误解，心里常告诫自己的词就是"坚持"。别管他人如何诋毁讥讽，我自屹立不倒，两眼墨黑直奔理想而去。这首本的玩闹之歌，最后很认真地被收录进黑撒的第二张专辑里，我至今还很喜欢，也抄录几句歌词：

如果他们能继续摇摇滚滚地活着
谁又能阻挡你坚持你个人的风格
不要在乎那些庸俗的七嘴八舌
每个人生只有一次　千万不要让它打折

无论你豆蔻之年　还是已经成为一块豆腐渣
无论你依旧青春美貌　或是抓不住年轻的尾巴
只要你还热爱着生命　就依然强大
请戴上耳机　在音乐里追忆似水年华

2011年写《滚来滚去》，是我特别满意的创作。这首歌每次出现在黑撒演出的最后，通常气氛也很好，台上台下你唱我和，感觉很欢乐。但实际上细读歌词挺伤感的，有种小人物凄凉的味道。这首歌里有很多人的影子，他们曾出现在我生命中，曾和我一起振臂呐喊要为了摇滚梦想付出所有，却在某一天惊觉时已埋没在茫茫人海，不堪现实的压力而掉队了。我很想念他们，无论他们才华横溢还是天资愚钝，打扮时髦或是土头土脑，我很想念那些我们在学校操场、酒吧琴行、大街小巷、城中村租房里留下的狂傲话语。那些目空一切又桀骜不驯的摇滚少年，那些怀疑社会又自我怀疑的摇滚青年，他们都老了吗？他们在哪里啊……

有天他看见了老去的何勇
他觉得自己突然又有了勇气
摇滚应该是一块倔强的石头
即使被埋没 也要坚强有力

他决定就这么继续摇滚下去
他决定就这么继续安慰自己
等有一天真的再也摇不动了
那就在这舞台上滚来滚去

理想是一棵摇钱树
他每天摇来摇去 摇来摇去
现实是一个房东

它让你 滚来滚去 滚来滚去

为了让理想继续
他必须摇来摇去 摇来摇去
即使现实像一个奔脸
踢得你 滚来滚去 滚来滚去

在埋葬青春的大路上
就这么滚来滚去
Like a rolling stone（像一颗滚动的石头）
就这么滚来滚去

　　如果他们能听到这首歌，并能在内心掀起一点波澜，
我会很荣幸。
　　如果曾经的理想已经再无机会去实现，别害怕，至少
还能在无人的时候，悄悄和我一起歌唱它。
　　不管你们能不能看到，致你们：
　　——"箱子"、陈勇、黄勇、陈杰、张凝、苗军、晁强、
朝朝、鲁雁、刘斌、高岩、三儿、大川、海利木、田超。

理直气壮的"音乐横财"

前几天，我的银行账户里突然多了一笔钱，数字不多，有零有整。我料想该不是天外横财，遂四处查探，最终得知这是自己某首歌在某音乐平台根据用户下载量得到的分成——金额虽不多，却让我颇有"喜大普奔"之欲望——这简直比天外横财更值得幸福，值得喝一杯！

说来忧伤，做一个独立音乐人多年，网上挂着自己创作演唱的歌多达几十首，但靠版权分到的银子，还真是屈指可数。长久以来国内音乐盗版文化盛行，加上互联网技术带来的信息免费共享，版权问题一直是横在数字音乐产业道路上的一块巨石。国内的网民早已习惯了免费听歌及下载的模式，很多人根本无法理解要为数字音乐付费的要求——"就是个MP3嘛，虚拟的东西，凭什么要掏钱！""我愿意花钱买CD，起码有个实体，数字音乐又没成本！"甚至说："听歌还要花钱？！做音乐的想钱想疯了吧！"

可是，音乐人也是人，不提玩乐，起码也得吃喝啊！过去的CD唱片比起现在以MP3为主的数字音乐形式，的确要多一些实体的制造成本，但事实上，这个花费和音乐制作本身的成本相比，根本不值一提——一张光盘的造价差不多也就一元钱，加上封套、外壳及包装，大多也不会超过七八元钱；而一首歌从写词作曲到编曲录音，再到后期缩混母带，常常牵涉十人以上的工作，花费少则数千，多则数万乃至数十万也是有的——难道这些钱都是音乐人天生自带的吗？

时代在更迭，CD唱片现在大多归为收藏品，数字音乐才是听歌的主流。而MP3最可怕的一点就是"零成本复制"，只要会复制粘贴，一首歌一天就可以生产出无穷无尽个拷贝，这也让互联网时代的音乐盗版变得更加漫天遍地，肆无忌惮。不过这几年，在无数音乐人的呼吁之下，版权得到越来越多的重视，一场场官司在音乐创作者们和百度、酷狗、QQ音乐、虾米们之间展开，而原告方大多胜诉。直到2015年，国家版权局一纸禁令，责令各网络音乐服务商下线没有取得授权的音乐作品。国内的数字音乐平台的出路面临两个选择：要么和唱片公司签署独家版权模式，要么通过版权转授权和唱片公司进行内容共享。至此，唱片公司才觉得长舒一口气，在经历多年"打击盗版"打不完的疲惫不堪后，终于享受到了迟来的版权红利。作为被告方的音乐平台，也逐渐扭转了意识，开始收取正版授权，转型为合法正规的音乐传播渠道，而他们购买歌曲版权的费用，也就自然而然地转嫁给了平台的用户。

当然，从唾手可得到自掏腰包，这样的消费习惯对任何人都不可能一蹴而就。从音乐平台到音乐人，也都用了很长时间来引导音乐爱好者为听歌付费，同时摸索更适合国情的盈利模式。在这一点上，国内的视频平台，给音乐网站们打了一个很好的样——无论是爱奇艺、优酷、腾讯视频，还是小米、芒果TV、海信聚好看，都提供了付费会员制度，会员可以享有更多影视剧资源，得到更好的观影服务；而对于游客来说，很多电影只能看前六分钟——这点也够诱人的——所以影视爱好者充值会员者众，大家似乎也早就习以为常，都觉得钱花得挺值。嗯，这么一对比，为听音乐每年贡献个百八十元，怎么也不为过嘛。

国内在一步步提升版权付费意识，而在国外也早已有优秀的模板示范，美国网络音乐产业正集体向流媒体付费音乐演进，其中最知名的当数创业公司Spotify（声田），科技巨头苹果的Apple Music（苹果音乐）。

仔细想想，与视频平台的"六分钟"门槛相比，这些音乐类网站还算厚道，只在音质、下载许可、使用时限上有限制，如果所有非会员都只能对一首歌浅尝辄止"六秒钟"，估计得抓狂一群人——刚听几句前奏就强行关闭，非得砸电脑摔手机不可，哈哈。

一个负责任的、尊重原创音乐的，采取措施保护原创音乐的平台，也是音乐人从长远角度来说真正需要的平台。期待随着付费音乐和音乐平台的逐步完善，将来能有这样的理想状态：对于出色的音乐人，即使不去选秀和炒绯闻，也能拥有自己的忠实听众和较高营收。

我们都是热爱音乐的人，下一步，愿我们都成为理解音乐的人。我也期待离下一次收到版权分红的日子，不要隔得太久。

关于长相显小这件事的困惑

关于长相显小这件事，本人真的有话要说。

其实年轻的时候，大家看着都差不多，可是随着年龄的增长，自己和同龄人的差距越来越大。

看着当年青葱俊美的同学们，现在要么大腹便便，一副"不是大款就就伙夫"的模样，要么半老徐娘，沦为晒娃狂魔，我真的越来越像个异类，所以总是无颜参加同学聚会。

有时候这成为我洋洋自得的显摆资格，有时候却是自己难以排解的困扰。

2016年5月我在家里拍了一张自拍，当时刚洗完澡刮了胡子，高高兴兴拍了一张发了微博，被我的粉丝们一通吐槽说我卖萌逆生长。天，我真的不是故意的！

印象中第一次意识到自己面幼这件事，是2003年夏天，我第一次当上大学老师走进教室的瞬间。

全班同学用诧异的眼神盯着我，鸦雀无声。

我在那一刻一定脸红了，于是我马上转过身去，在黑板上假装写了几个字。

然后等我平缓心情转过来，第一排一个男生看着我终于忍不住嘀咕了一声："你是老师？"

我点了点头。

班里立刻叽叽喳喳起来，我清晰地听到这么一句"这新来的老师，咋像个中学生？"

中学生？！你们是在逗我吗？我硕士都毕业了好吗？

从此以后，我的十年教师生涯，二十个学期，每次带一个新班，第一次走进教室，都会遭遇到类似的眼神！天哪！到最后几年，我已经见怪不怪，对他们疑惑的表情视若无睹，只求用自己渊博的学识和优雅的谈吐快速证明自己的身份和履历。

无数次在校园里走着，被各种问路的人喊住：

"喂，同学，图书馆怎么走？"

"这位同学，麻烦问下这是二号楼吗？"

"同学，你们学校的食堂在哪儿？"

我总是不耐烦地随手一指，一言不发，傲娇地走开。

我是个老师啊！不是学生！

每次去别的院系找某个未曾谋面的同事办事，当我大大咧咧迈进人家的办公室，总是会瞥见一双很不待见的眼神，那眼神里分明藏着一句话：

"你这学生，进老师办公室怎么不敲门？怎么一点儿学生样儿都没有？"

他们通常会很居高临下地问："你干吗？啥事？"

然后我就不禁变得惭愧，胆怯地说："×老师你好，我是××院的老师，找您要份材料……"

接下来，两道狐疑的眼神，从我的脸扫视到我的脚，让我无地自容，让我自觉是个骗子，恨不得找个地缝钻进去。

2013年我辞职了，我以为可以摆脱这种困扰。

反正，当个艺人，谁特么管你的年龄！

可是，很多次当我被邀请去做某场音乐比赛的评委时，评委席上同时坐着三四个评委，我也许是其中年龄最大的。但在彼此介绍之前，其他几个人会聊得风生水起，却无视一边的我。

我懂，在他们心里——"这个'小朋友'是干吗的，怎么也坐在评委席？"

天知道我心理阴影面积多大，我只有再一次靠我渊博的知识和优雅的谈吐，去证明我的身份和履历。妈妈呀，你知道我为什么无数次秉烛夜读，卧薪尝胆，我只是想获取渊博的知识和优雅的谈吐，去证明自己看着不是那么年少。

2015年11月，我参加了蚂蜂窝网站办的一次塞班岛之行。同行十人来自全国各地，都是旅游大神，之前彼此互不相识。我们一起玩了一个星期，成了非常好的朋友，每一个人都熟悉了我的性格、我的幽默，甚至我的歌喉——但，没有人掌握我的年龄。

回国之后，大家在群里聊天，回味这趟旅行，终于有人问到大家的岁数。

当我公布了我的年龄，群里在一阵沉默后炸了锅。

这帮以85后、90后为主的弟弟妹妹，竟然都以为我是团里最小的一个……

情何以堪。从那以后，他们对我的称呼统一成了"叔"。

我长年蓄着胡须，不是为了让自己多一份男人味，只为了看着老一点、沧桑一点。

我随身带着身份证，只是想在被人质疑甚至和我打赌时，能掏出来以正视听。我一直保留着自己七位数的QQ号，不是为了吹嘘自己上网早，只为了证明我来自那个时代。曾经一度，我以为我成功了。

上个月，我去银行办事，把身份证和银行卡从柜台里塞进去，交给那个漂亮的交行柜员。她看了看身份证上的年龄，抬头看了看我，说了这么一句话：

"你是帮你爸来办业务吗？这个业务必须本人来办！"

那一刻，我百感交集。

那一刻，我老泪纵横。

拍案而起的我，脸几乎贴在了那层玻璃面板上，从我嘴里说出的那句话，一定是颤抖的：

"姐姐，你仔细看看我，我真的不像77年出生的人吗？！"

你们说，我真的不像吗？！

在不同的时空，纪念岁月：
38 岁生日檄文

题记：

这是一场啰唆的对话，悲喜自知。

学生甲、教师乙、歌手丙。

在虫洞打开的瞬间，相遇并彼此看到了自己，遥相举杯。

教师乙对学生甲说："孩子，你关于摇滚乐的理想太缥缈了，为了帮你实现，我用了十年，但我还是没能完全做到。也许，是你并没有你自认的天赋吧。"

歌手丙："不不，之后的十年，我还是实现了那孩子的愿望，而且走的比他想象的更远。"

学生甲："我倒不觉得自己的理想有多难实现，从第一次接触到摇滚乐，我就知道那不仅只是我的爱好，而是我要参与的事。有位老师曾告诉我，想做的事就去做，事在人为。乙，你不就是个大学老师吗？关于梦想，你对学生怎么教育？"

教师乙："我教计算机天下无双，但我很少和学生聊起梦想。也许我太现实，不想用自己看透的那些人生桎梏去打击我的学生，每一个年轻人有独立追寻真相直至看破红尘的权利，我更希望让社会和实践去给他们上理想课。丙你怎么看？"

歌手丙："我现在不爱空谈'理想'两个字。相比百年前那些志在革命的有为青年的胸中理想，现在这时代，那些家境丰裕、衣食无忧的孩子口口声声的理想，常让我觉得空泛无力。一切都有所变迁，诸如摇滚乐，在甲你的心中是神圣而伟大的艺术，在乙你的心中是实现自我的事业，而在我眼中只是养家糊口的职业之一。这是时代的不同造就了外在的差异，但其内核并无甚不同，直至今日，'摇滚精神'四个字依然被很多人挂在嘴边，只是出现的场合不再是廉租房、排练室、夜市摊，而是在包装华丽却浮夸虚伪的电视综艺节目里。甲，你一定想不到吧。"

学生甲："在我的世界里，摇滚乐是高于一切的存在，列侬、柯本、大门、枪花、平克·弗洛伊德、老崔、唐朝、窦唯们就是摇滚英雄。我能理解商业，但不能接受。"

歌手丙："事实是，如今已经不再有摇滚英雄这样的用语了，如果谁被标榜这样的称号，不是嘲讽就是装×。"

教师乙："何止你的时代，在我的时代就如此了，'教父'这个词都被摇滚圈玩坏了。咱们聊聊别的吧，聊聊友谊，甲，你有多少个好朋友？"

学生甲："我的朋友大多来自同学，马俨、杜凯、赵勇，是我最好的三个哥们儿。前两个还和我组了人生第一支乐队，写了第一首原创歌曲。"

教师乙："后来你还有过几个知己，但几年后也先后从生活里消失了。马俨、杜凯和赵勇倒是一直和你关系很好，但你们最初那支破乐队没怎么坚持就解散了。2001年我认识了王大治，和他一起做音乐工作室，叫时音唱片。2003年还认识了一个女孩叫许瑛，比你班里大多女生都漂亮，但我们只是好朋友。"

歌手丙："许瑛现在去上海工作了，我今年参加上海草莓音乐节的时候见过一次。她还是很可爱，我们还是很默契。王大治依然是我最好的音乐伙伴，乙，那时候你和王大治玩票写的几首歌，后来都出版了，而且一发不可收，我们组了支乐队叫黑撒，已经出版发行了三张唱片，下一张也创作了一半，依然保持着水准。至于马俨、杜凯、赵勇，他们还是我最好的朋友，每年过年我们都会相聚一起吃吃喝喝并玩一些幼稚的游戏，他们都离音乐很远了，但他们都还保留着最初的摇滚精神，这与你手里拿的是电吉他还是公文包无关。"

学生甲："你们几个站在一起还像是同学吗？"

教师乙："在我的时代，他们几个就已经提前沧桑了。"

歌手丙："马俨如今还好，杜凯、赵勇都谢顶了，我看着是最年轻的一个。乙，很多人说我和你依然很像。"

教师乙："事实是，在学校里常碰到问路的人拉住我会说：'同学，图书馆怎么走？'作为一名老师，我为此苦恼过一阵。也许，我身上还有不少甲的气质？"

学生甲："根据a约等于b，b约等于c，可以推导出a约等于c，那我应该和丙看起来还挺像。可我觉得如果在街上碰到丙，我该叫你叔叔，毕竟你留着那么长的胡子！"

歌手丙："哈哈，我是搞艺术的，留胡子有时可能是为了装成熟吧。对了，我和甲最大的区别是，现在我很多时候说话放得开，也比较敢自嘲了。其实甲你那时候也爱装模作样，但你死都不可能承认的吧。"

教师乙："这也是对生活看透了才会有的态度吧，可是丙你为什么会辞职，离开了教师岗位？我虽然从来没认为自己会当一辈子老师，但我始终没找到一个合适的离开的理由，是什么让你想通了？"

歌手丙："三年前的春节，我去了一次泰国。在曼谷的四面佛前，我许了三个愿望，其中一个就是要活得更自由随心。你们懂的，谁让我们是射手座呢。但回国后，学校开学后压了很多工作任务……对了，那时候我已经不

我在长安玩摇滚

是个普通讲师，而是担当实验室中心主任的官职，更是肩负重担。不到半个月，我突然觉得这样的日子有些不堪重负，决定离开工作十年的教师生涯。辞职信递上去的时候，同事们都很吃惊，也都在挽留我。乙你该知道，你那些同事都是很简单的人，即使年龄不大，但思维传统，也都觉得教师这份稳定的好工作，怎么能就这么扔了呢。"

教师乙： "这一点我同意，事实上从我在学校教书的第一天，就知道我和他们不同。"

歌手丙： "对，这不是特立独行，只是不相与谋罢了，其实在甲的时代我们就这样了……所以辞掉这份工作对于我只是早晚的事。与追求稳定相比，追求自由更符合我，不，更符合我们的性格。"

学生甲： "我虽然学习很好，但我从来不和那些优秀生'同流合污'，我的哥们儿都是所谓的差生，但他们更真实，也更有趣。"

歌手丙： "是的，事实上，你的那些哥们儿现在在各自领域里都混得很好，比我在文艺界成功多了。"

教师乙： "丙，要知道我可从来不觉得我是文艺界的一员。"

歌手丙： "我也不屑于这么定位自己，其实我还和你们一样，天马行空，随心所欲，自由职业者才是最适合我们的标签吧。"

学生甲： "我很想知道，除了音乐，当年我那些五花八门的爱好，都是如何发展或终结的？"

教师乙："甲，我知道你曾很爱集邮，但我现在已经放弃了，这个曾风靡全国的收藏品现在很小众了。至于写诗，在我的时代诗人已经是个伪身份了，不像你当年的汪国真们，靠几首情诗就让文艺女青年神魂颠倒。我也几乎不再读诗，倒是迷上了看电影，各种风格的电影碟片都收藏了不少，最钟爱的是黑帮片。还有，甲你当年选择了考大学学计算机，现在计算机被我主要用来做音乐和打游戏，而不是用来干乏味的编程，你不会失望吧。"

歌手丙："你俩想不到的是，比起电脑现在智能手机对我更重要，我的手机瘾比烟瘾大多了。我现在已经不买影碟了，都靠高清下载，还在家里布置了家庭影院。诗歌倒是又重新开始读了，甭管能不能复兴，诗毕竟永远是人类文字的精华。我还喜欢上了摄影和旅行，每年要跑出去看世界，前几天刚和一帮朋友在塞班岛野了一星期。乙，以你的宅男风，没想到吧。"

教师乙："丙，你现在穿衣风格很花哨啊，我以前可是只爱黑白灰的。"

歌手丙："这叫老来俏吧，甲，我记得你当年穿衣也挺缤纷是不是啊。"

学生甲："有什么用，那位吊吊眼的姑娘不还是没看上我吗！"

教师乙："后来她曾给过我机会的，可傲娇的我放手了，并没后悔。丙，你知道她的近况吗？"

歌手丙："她已经在国外定居，还有两个孩子，你们别惦记了。甲，你当年受过不少感情的伤，乙，你当年伤过不少人的感情，这些都过去了，岁月静好，旅途漫长，要感激每一段人生，每一个生命里的人。今天是咱们的生日，你们俩还有什么想要实现的愿望，我会带着你们的期待继续向前。"

学生甲： "看到丙你现在的生活状态，我真的很满足了。如果我说我还想当科学家，八成你也帮我实现不了。你多替我照顾咱爸妈吧，让他们继续为咱们自豪。"

教师乙： "知足常乐，丙，你已经是我的偶像了。当然，如果你能在影视领域再掺和掺和，顺便多提高些做饭水平，那我太欣慰了，我们射手座不就是要多折腾吗。"

歌手丙： "成，我的愿望是：未来能让脚步走得更远，却离这个世界的本质更近。我会带着我们仨的生日愿望，慢慢地探索前方未知的路。"

教师乙： "那十年后我们还在这里重逢，接着聊聊不同时空的岁月记忆。"

学生甲： "希望十年后，能看到另一个更成熟的自己，那个'丁'，不知道会过着怎样的生活，过得好不好。"

教师乙： "丁，他一定是个半老头儿了，我并不想看到自己会那么老！"

学生甲： "我曾经觉得三十岁很遥远，自己绝不要活到那个岁数，看到丙，我知道我错了。年轮刻在树干，皱纹写在脸上，但青春会透过绿叶和欢笑，一直绽放着光彩。"

歌手丙: "甲,我又闻到你身上的诗人气质了,哈哈。你们两个保持自己的味道吧,我会独自努力去面对这个浮躁的时代,十年后打造一个不让你们失望的丁老头。再见了,十八岁的我,以及二十八岁的我,我永远爱你们,就像爱这个世界一样。"

城市与音乐：
2004 年年末笔记

　　2004年的西安，像举办了一场盛大的婚礼，喧闹快乐。每个迷失在摇滚乐里的年轻人，或多或少都有些满足，抑或失落。城市因为音乐而有了生气，而音乐因为城市而有了痕迹——艺术早已不是轻飘飘无所载物的形式，在这个时代，它需要承载的太多。在我眼里，摇滚乐与西安这个废都如此相似，就如那些曾经拥有过的辉煌……

　　上半年里，古城荒凉得几乎没有任何演出的痕迹，而从夏天开始却空前繁茂。血流中国、声音玩具&阿修罗、幸福大街、反光镜、脑浊、沼泽、冰激凌格子、TooKoo……一场一场连续的演出，让喜好另类声音的耳朵过足了瘾。但这又如何呢？艺术还是会走在我们的前面，不会为了我们的聆听习惯而止步。我们只能继续幻想，2005年又会有些什么新的声音，并选择性或无条件地去接受。

　　一年中，自己只写了两首歌。到了岁末突然发现，其实要写好听悦耳的音乐，也未见得那么容易。有时候自以为驾驭了某种形式的音乐，但某天又会完全推翻自己。这仿佛恋爱，人一辈子又能拥有几次热烈激昂的完美爱情呢？我们在创作的时候，或多或少地，会想把自己的一些思想传递（强加）给别人。而在两个人的爱情世界里，也同样如此。但别人，是会乐于接受你的思想，还是默默抵触？有些时候，真的很难判断在情感世界里，你是在恋着别人抑或始终在自恋？

　　在网络上听到了更多地下的音乐，其中之佼佼者，我无法否认其横溢的才华。"你执着于地下，像朵固执的伤花"——坚持者必有其美好的理由，放弃者也自有伤感的瞬间，这个所谓的圈子开开合合，走走停停，我们都该习惯了吧。

　　3月份带着《掩灰的色彩——西安独立音乐合辑vol.1》，"时音唱片"厂牌上路了，该得到和该失去的，一个都没有少。得到的是赞许和鼓励，失去的是精力和金钱。孰轻孰重，我还是衡量不清，但我知道我和我的伙伴们还会继续。你踏上了某条路，就没有后悔的余地，即使散尽青春年华，也该微笑着拥抱自己的灵魂。只是到2004年年底，会伤感地发现，唱片里的那十几支乐队，竟有一半已经解散，消失不见。我们能留住的也许只有瞬时，如拍一张照片，保住一个历史的见证。起步的时候就在创造经典，能告诉我，这有意义吗？就像我给第二张西安合辑唱片拟定的题目《废城甜梦》一样，或许也只是个美好甜蜜的梦吧。

依然钟爱女主唱的乐队，依然喜欢英式清新的吉他，依然迷恋电子味道的鼓击，这些美丽的元素还在乐坛不断发展和蔓延。总有一天，我们都会厌倦曾打动内心的一些声音。也许，季节的变换真的会影响人的审美——那么2005年，你一定也和我一样，期待着一些改变。

身体或灵魂总有一个在路上：
2018 年年末随笔

晚上，坐在电脑前，听听音乐，敲敲打打，看一眼屏幕右下角的日历，恍然惊觉这一年即将完结。

2018——这劳心劳神的一年，就这么着，要和我告别了。且这一别，永世不会再见。

生命中很多人和事，往往也会伴随着时光，相继与你告别。

比如最疼我的母亲，在这一年离开了我。当然，我希望会在来世与她还有机会相逢。妈妈，在这个寒冷的年底，我想你。

"断舍离"的实践，在这一年里于我颇有成效，所以身畔的物，有不少也都同我挥手作别。经年未穿的外套、审美不符的餐桌、疑似过期的护肤品、风光不再的数码产品，统统被处理掉。

"抛却"带来的快感没有想象的明显，但我会继续努力去舍弃那些"生命中不可承受之轻"。

与"舍"永远相随的是"得"，"告别"也永远依附着"相遇"，这一年我也得到了很多。物质上的姑且不提，而经历与人际都让我收获不小。

秋天开启的一波全国巡演，在路上认识与重逢了太多有趣的朋友，多少个酒后畅聊的夜，构成了2018年最酷的记忆。我并非社交爱好者，平日在家也常喜欢宅着不动，所以今年的每一场相遇，每一次交流，都让我无比珍惜。

2018年，工作成绩基本满意——黑撒的新专辑《废城甜梦》从写歌到去北京录音直到成品完成、乐队首次全国巡演之十六站演出、全国多个音乐节演出、几首商业歌曲的创作、拍了若干广告，以及为说唱歌手Dirty Twinz和派克特分别做了深度专访并撰文发表，做了多个数码产品的测评，为《女友》杂志写了专栏，写了《中国新说唱》每一期的节目点评，其余纷杂演出与创作不论，可算得充实了——而且这一切都在为全力照顾患病的母亲所耗费的时间精力之余去完成，回头想想，自己也实属不易。

最让我欣慰的是，在顾家和工作之外，今年依然读了不少书，且不乏好书。书单就不列了，明年想读的更多，但愿能一本一本看完。社会节奏太快，智能手机太好玩，唯愿自己在捧起纸质书或Kindle（亚马逊电子阅读器）之时能暂缓时光。

这一年跑遍了西安各大医院，见惯了太多世态炎凉、生死离别，自觉成长了不少。流了这十余年来最多的泪，求了这十余年来最多的人，承受了这十余年来最大的心理折磨。还好，自己比想象中坚强，即使时常在无人时恐慌脆弱，但终究咬紧牙关支撑起了一切。

这一年也要感谢"吃鸡"这个游戏，在我最无助的那段时光陪伴着我，为我提供了一个临时的逃避之所。记得从三月开始，我每天晚上疯狂沉迷于"刺激战场"，因为只有在游戏里，我才能暂时忘掉背负的压力与内心的痛苦，只有不停地在游戏里奔跑、开枪，直到筋疲力尽头昏眼花，我方能扔下手机睡觉。现在想想，真不敢相信，对于一向只打 *GTA* 和 *NBA 2K* 单机模式的自己，"吃鸡"居然是我这辈子玩的第一个网游！

惭愧地说，这一年破了些财，饶是理财上精打细算，鸡蛋也放在了多个篮子里，还是在贪欲上栽了小小的跟头。喜的却是由此在生活观念上获得新的洗礼，失去的银子化作冰爽醍醐，在夏天为我解暑，清凉顿生！

2018 年过得好快，或者其实每一年都如此，转瞬即逝。

只盼每个年末回首之刻，或许充盈，哪怕哀痛，只要没觉得麻木而过就好。嘿，毕竟早不是那个青葱少年，怎么浪费得起呢？明年该有些什么样的打算？满满当当的计划已有，却又没底气陈列于众。自己是个什么程度的拖延症患者，心里有数。

罢了罢了，该做的事一样也少不了。写歌、唱歌、录音、演出，这是我的工作；旅行、电影、读书、拍照，这是我的爱好；养家糊口、尊老重孝、强身健体，这是我的责任；写写文章、骑骑单车、做做菜肴、打打游戏，这是生活的妙趣；我还是那个我，那个永远不怕折腾、一直渴望表达、身体或灵魂总有一个在路上的射手座。

2019年，我们再来点不一样的！

纵马入夜：
2019 年年末笔记

西安的冬天，常是灰蒙蒙的，从我书房的窗户望出去，有时连对面的高楼都模糊不清。"五千年的灰尘如花，藏起大小雁塔"——你看，歌词永远都来自生活而高于生活。

2019，于我是极充实的一年，也正因着充实，而显得更匆促。我常回忆过去，那些青葱的甚至快要忘怀的岁月总是悠长，没干过什么惊天动地的事情，但有大把的时光肆意浪费。但现在哪舍得挥霍时光啊，恨不得把时钟放慢一倍，而把自己调成二倍速生活——说白了还是贪恋太多，人生的修炼之路尚长，还好我从未停止自省。

这一年里干过印象最深的一件事，当是去参加了《乐队的夏天》。玩乐队十来年，基本任何场合任何演出都体验过，这回终于又尝试了新滋味，解锁了新体会——当然，这节目本身就是个破天荒的"螃蟹"——颇有趣味。

中国摇滚挣扎了三十年，如今终于又被人看到其商业价值，更突显了综艺节目威力之巨。总有人评说"独立音乐"不该去迎合主流，但在我心里，这节目作为另类文艺与热门传媒的嫁接，会是中国摇滚史上一个重要的里程碑。而如果有机会却放弃去拥抱这个里程碑，那才是人生的遗憾。

除了《乐队的夏天》，今年的音乐之路也是满满当当。9月底启程一个月的全国Live House巡演，去了一些人生未抵的新城市，唱了一些新歌曲，吃了一些新食物，交了一些新朋友，辛劳而快乐着。骨子里偷懒，我本非一个热爱巡演的乐手，但每场站上台看到那些挥舞的手臂，又忍不住自打鸡血。有时舞台状态兴奋讲些笑话，也收了不少赞许——黑撒的现场总是充满乐趣的，挺好。伴随着巡演，自己也熟练了一个新技能：手机vlog（视频记录）。

今年写了几首新歌，大多尚未成型；乐队发了两首新单曲《夏天又来了》和《孤单》；给几部电影连写带唱了主题歌，还未上线；抱着吉他翻唱了几首自己钟爱的歌；整理了自己多年来积攒的音乐灵感；音乐节、商业演出、节目拍摄、接受采访，这些常规工作依然如常不必多言。

撰写了两篇采访文章：小青龙，以及Super Deep；为《中国新说唱》和《乐队的夏天》写了节目点评共计二十多篇；知乎上答了若干问题，并在8月做了一期有关乐队知识的Live（现场直播），颇受好评，我欣慰至极。

除了不断"输出"，今年的"输入"也称得上丰盈。读了近三十本书，其中半数开卷有益；看了近百部电影，三分之一能打分三星以上；国内外新歌也听了许多，不乏惊艳之作。

2019年年底的生日之际，在海南万宁给自己剃了个光头，算作这一年的收官之举——除了满足射手那渴望新鲜的本性，也是向我一贯秉承的极简主义的致敬。

明年就到了"2字头"。依然记得千禧之交的时候，我喝着酒，站在长安城中，觉得新的世纪那么漫长，可转眼间二十年已消逝。

2020年人间会是什么样，心里没数。

2020年自己会是什么样，一头雾水。

上进心和贪玩心总在交替陪伴着我，有时想一定要挤出才华多创作些作品，有时却又想干脆拎上包去个海岛只管消闲便是——这样的思想斗争，容我自己好生调解。

天性不喜欢风口浪尖，但也绝不甘泯然众人。

所以不必担心，骑士剑未出鞘，但已纵马入夜。

我的摇滚创作心得

第三章

我喜欢徘徊在各个领域的边缘，也喜欢自己不同身份的转换，这让我体验到另一种自由的味道。也许生活在社会里，难免会被他人用某个头衔去标记，但我却绝不愿主动给自己套上框架，那势必会束手缚脚，进入其他领域的限制自也会无形增加了。所以好几年前，我就扔掉了所有的名片。我就是我，曹石，不需要任何头衔，也不隶属任何定义。

黑撒第三张专辑《西安事变》封面

我不是艺术家

　　我喜欢艺术，尊重艺术。但我从内心不认可自己是"搞艺术"的。

　　一个艺术家，在我古董又死板的观点里，是该忠于纯艺术的，是该认真琢磨自己的艺术，为了创作伟大的作品而奋斗终生的。而我对自己的创作态度从来都不认真，那只是我一种随性的宣泄或倾诉，属于想到哪里写到哪里、想唱就唱还要唱得倍儿响亮那种。所以我的作品无论是音乐还是文字，都是不能认真分析的，因为里面总有太多的瑕疵。我从不追求完美的艺术，而只是享受作品诞生那一瞬间的快感。我崇尚自然创作，也就是作品应保留最初灵感的雏形，而不要再多雕琢。由此，其实对于摇滚乐来说，我对不插电形式的爱好更大，也因此更喜欢弹木吉他。

　　当然，由于这种心理，我终究是成不了一个艺术家的。至少，成不了我自己心目中的艺术家。充其量，我就是个"搞娱乐"的。我写歌去满足别人，也满足自己，我娱乐别人也愉悦自己，我可以上台演出让观众连看带听，也可以藏在录音棚里闭着眼睛自我陶醉。我可以在幕后一副行家里手的模样做个制作人，也可以打扮得青春活泼去上媒体的通告。我的确配不上"艺术家"这个称号。

幸运的是，在这个流行音乐圈里，我放眼看去也没见几个"艺术家"。大家都是娱乐人，只不过有的人娱乐得沉闷些，有的人则娱乐得更外放。有的人，电视上曾捧为艺术家，如今人走茶凉，"艺术"两字从何提起？无论"艺术圈"还是"娱乐圈"，都是乱象丛生，我混迹于其边缘，只求不染淤泥半点。

我的音乐风格与性格的相互影响

每个人都相信，相由心生。但实际上，心由相生也是常理。一个人的内心可以反映在他的脸上，反之，一个人的外貌时间久了也会影响他的内心。比如，张三长着一张憨厚的面孔，身边的人就总会以忠诚老实去定义他，久而久之张三自己也会潜移默化中形成憨厚的性格。

作为一名音乐创作者，我近期发现一个现象：我的作品与我的性格，竟也是相互影响相互作用的。内心的性格会表现在作品里，这不奇怪，我的愤怒、忧伤、向往、怀旧都一再在我这些年写的歌里呈现出来，好像记录着我内心历程的一篇篇日记。但当我的笔下越来越少记录曾经的孤芳自赏与自怨自艾，我反思，也许真的是因为那些我写出的作品，在反过来修正我的性格。

我创作的大分水岭该是2005年至2007年吧，那三年时间，我写了黑撒前两张专辑大部分的歌曲，其中很多都是

开始以乐队为业

逗乐调侃之作。最初选择这种风格，完全是偶然为之，而且视为玩票行为，当作创作闲暇的放松。却没承想无心插柳柳成荫，黑撒得到了很多共鸣，也成了之后几年我人生最主要的工作。

在此之前，因为骨子里的脆弱与悲鸣，我写的歌基本均为伤感怀旧的调调，内容不是泣诉苦情就是酒后自伤，旋律忧郁，唱腔怅然，充分展露出彼时自己那一派小资文艺嘴脸。可自从开始写黑撒的歌，不知不觉中，我居然渐渐抛掉过往的深沉，变得开朗活泼起来。说话不再总苦大仇深叹气连连，时常也冒出几句歪曲吐槽之语；过去总习惯窝在家里自闭修炼，现在也能常常和朋友们把酒言欢；曾经的个人主页配色是素雅的蓝底白字，打开尽显凋零，现在的微博头像风骚、底色亮丽；甚至过去只爱穿黑色抑

　　　　　　　　　　　　　　　我在长安玩摇滚

或深蓝色，现在买衣服却常垂青红、黄、绿。我最好的异性朋友樱桃常揶揄我："你看你过去多文艺多诗人，现在成天嘻嘻哈哈，写的《玩民谣才是王道》真是够土！"是啊，这份转变或许不全是因为我的长大而来，而是由那些作品映射进我的内心并给予我的影响吧。

这该算是个好事吧，每个人都有自己调节的方式，我可以借由创作来改变性格，真是既方便又实用。那么为了继续保持这快乐的心态，我要努力写下更多快乐阳光的歌，传递快乐给你们，也给我自己。

我喜欢徘徊在各个领域的边缘

许是射手座性格使然，我是个乐于尝试多种新鲜事物的家伙，也爱在多个领域里摸索体验。其中有些领域我驾驭能力强些，或是于我的吸引力大些，便能做出点成绩，沉浸时间也自然长久。另一些领域则浅尝辄止，之后就扬长而去。

这种态度，很切合我对于人生的理解。生活，就在于不断的体验嘛！

写词作曲、旅行天下、读书写作、弹琴下棋、电脑游戏、网站经营、电影收藏、录音制作……都是我的爱好，也都玩得不赖。最近开始研究的是摄影和视频制作、创作剧本等，不亦乐乎。

自从三年前彻底放弃了经营和管理绿洲音乐网，所有的领域里，音乐人和教师，是我现在最主要的两个身份定位。但即使在这两个圈子里，我也只游走在边缘。

我在长安玩摇滚

教坛

　　常有记者采访我时，问到一个话题："既然现在乐队做得很好，为什么不干脆辞掉教师的职业，专心走音乐道路？"

　　这问题的答案有两方面：第一，音乐固然是我的爱好，但教书也是我的兴趣；第二，音乐曾是我的理想，从上学到工作这么多年来，我也一直在专心地走着专业音乐道路，凭什么现在非要辞职呢？

　　现代音乐圈鱼龙混杂，各种奇葩开放。我自诩难以做到出淤泥而不染，只能选择尽量远离，避免进入"混圈儿"的境界。常看到一些人热衷于混在这个江湖中且自得其乐，只能叹吾道不同。写好自己的歌，演好自己的舞台，对得起自己的灵感，顺带满足歌迷的一些需求，于我就是极大的满足了。

这些年我对于教学，始终是边教边学。我是无法数年不变只教授一门学科的人，那会让自己荒废。所以当大学老师十年，教过的专业横跨软件编程、应用基础、多媒体、互联网技术甚至企业管理，具体的课程屈指数来有十余门。我自认授课能力超强，只要我能学会的，就能透彻地传道授业，从教书育人的角度看绝对是个优秀的老师。但在教育界大展拳脚，却终难成为我的理想。我只能将教师权且作为职业和爱好，而无法鞠躬尽瘁。

我喜欢徘徊在各个领域的边缘，也喜欢自己不同身份的转换，这让我体验到另一种自由的味道。也许生活在社会里，难免会被他人用某个头衔去标记，但我却绝不愿主动给自己套上框架，那势必会束手缚脚，进入其他领域的限制自也会无形增加了。所以好几年前，我就扔掉了所有的名片。我就是我，曹石，不需要任何头衔，也不隶属任何定义。

我写过的那些情歌

　　我觉得每个写流行音乐的人，都该写过情歌。更甚者，也许每个曾尝试写歌的人，第一首作品都该是情歌。至少于我如此。

　　我写的第一首歌，是1996年7月参加高考前的那天。歌名叫《每一天》，歌词框架是我的同学兼好友马俨写的，我做了些小修改，然后编了吉他旋律。那个夜晚，我瞒着妈妈说出去和同学探讨学习，然后和马俨、杜凯去了我们仨当时的据点——杜凯他爸的办公室。我弹着吉他唱了这首歌，马俨用录音机录了下来，将那盘磁带作为礼物送给他当时的女友。那个最初的版本现在不可能寻回了，但在大二时候，我还和"箱子"录过一个改进的版本。那首歌是情歌，至今我都很喜欢，但听过的人寥寥无几。

　　我写的第二首歌，叫《无法面对》，整首歌我就写了两句词："我不知如何面对，你给我的眼泪；我不知如何面对，你表现的伤悲。"反反复复唱的旋律，基本上都是在重复，但身边的朋友都认为很牛×。这首歌写于1997年春天，在我读大一的时候。现在听起来，感觉自己有点傻。这也算是首情歌，虽然表达得很含蓄。

再之后，我开始刻意地想让自己的音乐创作深刻一点，所以开始躲避情歌的题材。直到2001年，我和当时蓝色花粉乐队的贝斯手黄勇，一起创作了《爱情电影》，他写词，我作曲和演唱。我对这首歌倾注了不少心血，编的吉他旋律也是又华丽又煽情，达到我当时弹奏的最高水准。

2002年我和"箱子"合作，出了一张布鲁斯风格的小样唱片I kill you my woman，同名的英文歌，是我第一首完整的英文情歌。虽然歌词写的有些苦情甚至可怕，但我很喜欢。

I kill you my woman（我杀了你，我的女人）

On the way you home（在你回家的路上）

You fell in your dream（你在梦中跌倒了）

On your own（独自一人）

Now you in my arms（现在你在我怀里）

I kiss your tears（我吻你的眼泪）

——I kill you my woman（《我杀了你，我的女人》）

2003年开始我和王大治正式合作写歌。我们泡在工作室里，捣鼓出了不少作品，有一首我很喜欢的歌叫作

《幻音迷》，编曲和旋律是即兴排出来的，歌词也是现写而成。其中有几句我非常满意，"你向我奔来，像天使般灿烂；你向我奔来，像精灵般危险；你向我奔来，轻轻的慵懒；你向我奔来，哀伤的团圆"。这首歌后来做了些改编，卖给了一个女歌手，她演唱的版本离我的审美颇有距离。当时为这个女歌手还写了一首《季节的色彩》，也算是首情歌，但纯属贩卖之作，不值一提。

身体在冰冷

伸展地飞

所谓的意义

在春天消碎

你说 很美丽

你说 很迷离

你说 我爱你

你说 闭上眼睛

怀抱中喘息

像首情歌

花已经绽开

回忆在哭

你说 很美丽

你说 很迷离

你说 我爱你

你说 闭上眼睛

幻想着一双色彩的翅膀 飞向光明

拥抱着自己 那所有童年的梦

再次看到你 孤独地站在风的那边

呼唤从无边天空无边回忆中 苏醒

你向我奔来

像天使般灿烂

你向我奔来

像精灵般危险

你向我奔来

轻轻的慵懒

你向我奔来

哀伤的团圆

——《幻音迷》

2004年我开始做自己的专辑唱片《彩色黑白》，其中一首叫《波》，又是首很含蓄的情歌。歌词很简短，旋律很简单，编曲我也做得很轻快，希望能表达淡淡的忧伤。这首歌是为当时的女友所写，她的名字叫波。

我们相对着微笑

你比我笑得开朗

所以我闭上眼睛

只听你的声音

——《波》

我在长安玩摇滚

2005年我写了一首《竹叶青》，找来小姑娘崔思佳合唱。我很喜欢这首歌，是我当时最迷恋的苦情情歌。但除了最初在家录的demo，后来再没机会重录。

来喝一杯竹叶青 我的美人
在这个冬天寂寞的黄昏
来喝一杯竹叶青 我的宝贝
在告别之前最后的安慰
何时才能回到你梦里
轻轻吻着你的嘴唇
花在风中将飘向哪里
回忆柔软的空虚
那天晚上我又在哭泣
听不到情和爱的声音
于是把青春都散去
在你眼中 冰冷着身体

——《竹叶青》

2005年的最后一天，在时音的工作室，我和王大治写出了《妄想狂的爱情歌曲》，这首情歌奠定了黑撒的诞生。至今我都认为，它是黑撒所有作品里最美的。其中的歌词，我最满意的几句：

想要买一把吉普森 弹乱你的心弦儿

或是拿画笔轻轻涂乱你的相片儿

想要拉着你的手 和我一起逛逛小寨

或者就是用嘴唇碰碰你的小脸儿

这就是 妄想狂躺在床头胡乱写下的爱情歌曲

说着没人能听明白没人能整督乱的秘密

你可以和我一起醉倒在 人潮汹涌苍白的街边

搂着我 眼含泪水心情烦乱 笑容却很甜

——《妄想狂的爱情歌曲》

2006年，我写了一首很流行的情歌《我依然还深爱着你》。歌名很滥俗，但我爱唱。常常没事时，我会在家抱着吉他弹唱这首歌，然后不知不觉地想起某个女孩。

夜色中长发飘散

在耳边轻声呼唤

曾经熟悉的每天

想一想已那么遥远

那些相拥的美丽

也许已经不存在

无边的梦啊

汇映着多少遗憾

快乐的时光如此短暂

山盟海誓也只是一瞬间

只是无法忘记那种温暖

不顾一切也要回到你身边（哪怕用我所有青春去交换）

我依然还深爱着你

我依然还牵挂着你

往日的快乐感觉 在梦里依然清晰

我依然还迷恋着你

我依然还思念着你

忘不了那些秘密

——《我依然还深爱着你》

之后，我会在黑撒的每张专辑里，都穿插两首情歌。第一张专辑里除了《妄想狂的爱情歌曲》，还有首《时光倒流》。其中大段即兴写的歌词，偶尔翻出来，还是很喜欢：

我们在内心世界里

总有些不可告人无比珍惜的秘密

想起来似乎非常忧郁

刻骨铭心却又遥不可及

有一个人轻轻走过我的脑海

像花一样盛开铺满记忆

在凋落的瞬间 缥缥缈缈的没有力气

阳光洒落在古城每一个无人的街道

再一次怀念起她色彩斑斓的微笑

把爱情留下 让回忆闪耀

也许你会说这样留恋过去很无聊

听起来那时候一支动听的旋律

你在我的耳边曾轻轻唱起

拿出一张相片已经泛黄没有色彩

却依然 动人美丽

——《时光倒流》

黑撒的第二张唱片里，我写了《命犯相思》和《和美人告别》。前者稍显戏谑，后者则略微伤怀。在《和美人告别》的歌词里，有这么一句"你说放手，我却迟迟不愿松开；我手指的温度，有天你将忘怀"，这种灵感延续到后来的《流川枫与苍井空》，有句词"握手的瞬间，那熟悉的温度，让她突然想哭"——我的歌词里，常常会有这种相互的致敬，细心看过歌词的人应该能深切体会到。

黑撒最新的第三张唱片中，《拙劣的抒情》和《蓝调情歌》是不折不扣的情歌。民谣这种形式，表达感情往往能更直接、更露骨，或曰更肉麻。有时候发现，在歌曲创作上，我真是个"拿肉麻当有趣"的家伙。《拙劣的抒情》这首歌我想表达的是一种若即若离又注定无疾而终的爱情，而下面几句就是这首歌的点睛之处，其实看似甜蜜实际是很绝望的倾诉：

这世界很大 而你是那么渺小

我把你藏在心里 谁也找不到

你是如此青春　而我已有点苍老

该怎样才有勇气　给你一个怀抱

你是长安路上最美的那朵花

你的笑在黄昏羞红了晚霞

你是长安路上最美的那朵花

盛开在我心中　直到你会爱上他

　　　　　　　　　　——《拙劣的抒情》

《蓝调情歌》本来应该是很浪漫而美好的爱，可悲观的自己，还是没忍住加了一句疏离的歌词："我是如此卑微地想你，就像想着一瓶汉斯干啤；我是那么执着地爱你，就像你那么执着地想要离去。"这使这首本该属于真情献礼的情歌，带了点小小的感伤和哀怨。

总结下来，情歌在我的创作列表里所占比例真的不高。随着年龄的增长，我对爱情的理解越来越朴素，自己还会写出怎样的情歌，始终难以预料。好在我不是以情歌为标志的歌手和创作者，否则必定常会抱着吉他抓狂。台湾歌手陈升有首歌叫《恨情歌》，恐怕也是有如此的体会吧！

行文至此，突然想起几年前黑撒唱片里的遗珠之作也是首情歌，其歌名和情绪之惨烈达到了我的情歌写作极限——那首歌叫作《亲爱的，今夜我将与你一起死去》。

拥有寒假是件幸福的事

煎熬了几个月终于迎来了寒假，觉得最近几天才算活出了点人味儿。想想放假前那些起早贪黑的乏味工作以及内心莫名的压迫感，瞬间觉得此时的自己幸福无比。

一个来月的假期，对很多人显得奢侈无比，但对我来说杯水车薪——可能是自己太过贪婪，又太花痴自由，简直是个难以满足的家伙。浑浑噩噩过了几天，今天终于忍不住开始做假期计划，也许完全洒脱的生活会让我恐慌，唉，多么可笑的射手座！

首先要完成的一件任务就是录完"尤葫芦"的唱片。尤葫芦是个完全无拘无束的组合，有点类似最早期的黑撒。在这种状态下玩音乐，我才能体会到一些快感。而现在的黑撒常常让我觉得疲惫和无趣，创作也停滞了一年有余。虽然从写歌的角度来说，从来没人限制和拘束我，但潜意识里还是会拿一些条条框框困住自己的大脑和灵感。

创作和生活一样，时常需要调整。究其原因，还不是因为我这不安分、易变迁的性格——让我一直做固定类型的音乐，那我一定会疯掉！我无法忍受长期写一种歌曲、唱一种风格，那会让我变得乏味和浮躁。黑撒从最初的说唱、布鲁斯到后来的电子、金属直到民谣、雷鬼，几乎把我能驾驭的风格玩了个遍，但现在终究还是到了五年之痒。春节后我必须摸索些新玩意儿，来继续激发自己的热情，但求如愿。

其实不仅是音乐，我的整个生活中，都很难接受某种长期不变的追求。所以不管我接受采访的时候怎么装×，但在我真实的内心里，并不想把音乐地位抬得太高，诸如这是多么伟大的理想，自己又担负何等责任之类的废话。我只知道当有一天自己不喜欢了，无论曾经多么热爱或是如何辉煌，都应该可以放得下。

另一个重要的计划就是年后去泰国的旅行。这次自由行策划已久，早在网上订了亚航的超级廉价机票，以及曼谷、清迈、芭堤雅、沙美岛的酒店，岁末看了《泰囧》更让我跃跃欲试，恨不得早点飞去。但真放了假开始筹措具体旅行攻略时，心里竟还有点发慌——毕竟这是第一次出国，而且一不跟团二无导游，自己的英文口语也多年未实战过，真有点小怵。权当作一次锻炼自己的机会，为以后更远的出行打个基础吧。

还有还有，蛇年的春节对我该是意义不凡，它是我人生的又一个本命年。常常会想，我既无蛇的狠毒，又无蛇的狡猾，见到蛇非但没有亲切感还总恨不得拔腿就跑，为何偏生有此属相？本命年据说诸事不利，需要红内裤附体保佑，看来过几天该去厚着脸皮买一条穿上。这一年于我而言一定很重要，我得趁着蛇神显灵，争取再上一层楼，否则十二年再轮回，我都得中年晚期了！

　　文章还没敲完，手机里毕涛的短信已到，约我明晨去工作室录音，只是要求让他睡足懒觉。好说好说，反正我也一样已得到每天"自然醒，回笼觉，再次自然醒"的美好清晨了，拥有寒假真是件无比幸福的事儿！

乐器只是工具

　　玩尤克里里有一段时间了，最近有点开窍，发现抱着这个小四弦琴，也能玩我最擅长的布鲁斯。因此我对它又一下增加了不少亲切感，弹起来也更得心应手。这个小玩意儿，给我的创作激发了不少有趣的灵感，而其实它的价格不过百元。

　　乐器只是工具，作为表达大脑思想的介质或是协助创作的帮手。真正的精华是创作的成果，这更多地取决于创作者的才华，而非他手中的工具。在我看来，乐器这种东西，够用就好。够用的标准是什么？就是能让我顺利地完成创作，同时音色、手感、外观基本达到满意即可。我不太追求乐器的档次和品牌，这点和身边很多音乐人不同，但这是我做音乐多年来养成的习惯。

　　古怪而又有趣的是，我使用高级的乐器设备往往无法顺利完成创作。举两例：

黑撒第三张专辑《西安事变》

　　弹吉他差不多有二十年，不管是箱琴还是电琴，都玩过一些很棒的，可从没用一把高档琴写出过什么歌。每次有机会玩好琴，都只沉沦于一时的新鲜感和其动听的声音，而无心也无力进入创作状态。以前弹电吉他时创作和录音的歌，基本都是用一把千元左右的破Ibanez（依斑娜）吉他完成的。而在黑撒《西安事变》专辑的创作中，《这事你不管》《西安事变》《拙劣的抒情》《玩民谣才是王道》《蓝调情歌》这几首，最开始的编曲居然都用的是杨森那把破旧不堪、手感奇差的木吉他，其余的歌也不过是用我自己那把几百元的电箱琴写就，此琴最后也是整张专辑的录音用琴——窃以为此琴完美地阐释了我想要弹奏出的情感。

　　　　　　　　　　　　　　　　　　　我在长安玩摇滚

用电脑做编曲也有多年。早年设备简陋，软件低级，倒是积累了无数美好的音乐片段。硬盘里堆积的创作素材，现在听来虽然音色落伍，但题材和旋律都充满亮点。这几年电脑更新换代，软件版本也不断更新，拥有了更多美妙的音色库，却在创作时总觉得无所适从、难以下手。

想来，大约是如今的自己，创作的态度越来越返璞归真。高端的设备让创作有了更多的可能性，反而让创作更难直抵人心。华丽的音色固然迷人，但也会迷惑自己，以至于沉醉其中不能自拔，常常忘记了其实音乐的本质依然是：旋律、和声、节奏——而这些元素，依赖的是脑海里的灵感而不是手里的工具。过分地追求乐器设备，有时候恰恰是迷失自我的桎梏。

想起摄影人常说的一句话：不管你用的镜头是"牛头"还是"狗头"，决定相片内在质量的，不在于相机前面的那个头，而在于相机后面的那个头。这话可以类推到一切艺术领域，自然也包括音乐。

我想说的是：只要有音乐才华和音乐感觉，给你一把破吉他也能打动别人；反之，即使拥有了吉普森，也只是个暴殄天物的废柴。只要有文字上的天赋和冲动，给你一支2B铅笔也能写出不凡的篇章；反之，即使手中握着万宝龙钢笔，也只能写出一堆糟粕而已。

关于音乐创作

　　最近接了一个写歌的活儿，拿着创作要求却完全找不到灵感。久违的危机感再次来袭。

　　对于写歌的才气，我一向不敢妄自菲薄。只是随着环境变化，一些创作上的原则渐渐丢失，很多时候不再是为自己而写。还好从黑撒的《西安事变》这张唱片，我又更多地靠拢了自我。其实最初也并未以发掘什么本土文化为己任，黑撒的产生纯粹是由于好玩、自娱。但经各种媒体的解构，古怪的担子和名头就加于身上，恍惚中常常自己也不知道究竟在为何而创作。所以黑撒的很多歌曲我并不爱，总觉得它们不是真心写就，即使这些歌拥有大量的粉丝，也讨不来我半点欢心。

　　我总认为，文化是死的，而人是活的。文化必依赖于活生生的人方有所附丽。空谈文化、历史、影响，这些概念都显得空洞苍白。这世界迷人的是那些有趣的人，是那些真实甚至真实得有点残酷的生活。所以，我爱写的是生活，爱写的是生活中的那些人。至于文化存在与否，则依附于生活中的方方面面。这种创作，于我才真实，也才能感动以及与自己共鸣。否则只不过是一堆迂腐拼凑的文字和一串匠气的旋律及和声罢了。

也许是现在的生活太安逸，心态太平和，我也越来越中庸而淡泊。而心境的淡泊，会带来灵感的单薄，要捕捉来自生活的灵感也就越来越费力。年轻时候写的情歌都是伤感绝望，苦情满篇，现在一写爱情却都温暖恬淡，欢乐美满。如果什么样的生活造就什么样的创作，那么我忠于自己，也就会被自己的生活所左右。

可能的话，还是等待一场人格的分裂吧。

艺术创作的加法与减法

最近接了两个商业歌曲的活，颇费脑筋。现在写商业歌越来越匠气，技术的运用逐渐变得流水线化。比如歌曲的段落结构安排、歌词的韵脚设置、情绪起伏的转接，甚至说唱段落的flow（说唱表演时的节奏感和韵律）编写，都像生产线上出品的系列产品——品质上绝无问题，但难显个性。

写歌这件事，本是个无规范的过程，每个人都有自己不同的习惯。于我个人而言，不同的时期选择的方法也不尽相同。拿商业歌曲的写作来说，以往多是从无到有"建模"的方式，但近一年来变为先堆砌所有素材和想法然后逐步筛选、精炼至最终成品。前者是为加法，后者则为减法。"减法"的运用，更容易贴近创作要求，效率也高些，比较适合商业歌曲，但很难在创作中天马行空激发灵感火花，这一点颇不如"加法"。

其实一切艺术作品的创造，都会有加法与减法的选择。

以前做编曲的时候，很喜欢累加声部的过程，一首歌的工程里要插入尽可能多的音轨，这样才觉得格外过瘾。有的歌光是吉他就恨不得堆砌个六七轨，要把耳朵里塞得满满的，还自认为很"华丽"。认识了王大治之后，我俩在这方面臭味相投，所以在一起整了不少"丰满"的作品。后来渐渐转变了审美情趣，开始厌倦这种啰唆和炫技的方式，刻意地减少重复和无意义的配器，后来的歌曲就渐显清爽。当然"减法"并不见得比"加法"容易，多余声部的减少，必然带来对剩余声部编写的高要求，反而提高了编曲的技术含量。

不只音乐，文学上不同类别的创作也有不同的方式。诗歌和小说就是典型的减法和加法之例。诗歌讲求文字的精致甚至精准，要用短小的片段引发更大的联想。好的诗，是不能写"透"的，必须给读者留出想象和思考的空间，才有诗的韵味。所以必须用减法，剔除那些过于具象无味的字句，给文字"留白"；而小说的写作，是要通过大量的情节描述和细腻的细节描写，才能引人入胜。往往一个瞬间发生的故事，要用大篇幅的文字叙述去铺垫去渲染，才会让读者觉得过瘾并加深印象——这又是明显的加法了。

绘画和摄影也是个相反的过程。画画是从一张白纸上无中生有，构图、元素添加、色彩使用等都任由画者创造，一笔一笔加到收工。而摄影却是从眼睛能看到的景象里，摘取其中一部分存入照相机，画面已经摆在面前了，摄影师要做的是剔除掉那些不需要的元素，保留其中所需的东西。比如一幅水彩和一张相片里的景物都只有一朵花，前者是在空白上做了加法，后者则是做了减法，过滤掉杂质只将花保留在镜头里。

人生又何尝没有加法减法之别？我们常常茫无目的地追逐，疲于奔命地充电，房子、汽车、名牌服饰、高档手机、平板电脑、罗马表、美食、美女，一个都不能少；工作、游戏、学习、娱乐、交友、健身、旅游，哪项都不愿落后于人；微博、微信、QQ、人人、陌陌、旺旺，每个都玩得得心应手。其实静下来想想，自己要的究竟是什么，除了盲从与装×，真的有那么多值得拥有、值得搏取，甚至要为之付出宝贵时光的东西吗？

或许，偶尔对自己的生活做做减法，会过得更轻松，也会更有意义吧。

我在长安玩摇滚

艺术需要天赋，拒绝平庸

　　这个夏天好似蒸笼，坐在电脑前仿佛都能深切体会到高速运转的CPU和显卡散发出的热量。这让一向怕热的我懒得做很多事情，写歌词、写小说、写博客自不用说，连玩游戏都不自觉地放弃了。

　　这么看来在创作上我绝不是个勤奋的人，稍无动力就会停滞不前，"笔耕不辍"这样的词此生是难以用来形容我了。回想起来，我的创作灵感大多需要强烈的冲动才能激发，极少涓涓细流多为瞬间迸发。这个状态自然难称稳定，所以我无法做一个职业的艺术创作者，像完成作业那样定期定量地生产作品，而只能蛰伏很久积蓄能量，然后在某个时间段突然扔出一连串成品。

　　NBA篮球场上有三类球员，第一类每场比赛都能稳定地做出高效的发挥，拿下漂亮的数据，这类球员极少且多为天才，比如勒布朗·詹姆斯、凯文·杜兰特；第二类球员每场比赛都很稳定，只不过数据平平，永远无功无过；第三类球员通常无所表现貌似平平，但一旦爆发起来就会成为场上的焦点和英雄，这种球员常被称为"神经刀"，比如纽约尼克斯队的JR·史密斯。

艺术世界虽非竞赛，但很多道理与篮球场共通。我不是天才，无法稳定地高产出有质量保证的作品，但我又相信自己的天赋，拒绝平庸，不愿写出太多可有可无温暾乏味的玩意儿——所以，我注定就是一个"神经刀"式的家伙。

这个圈子太多毫无天分的浑水摸鱼者，没有摆清自己的位置，或靠苦心钻营，或靠埋头勤劳想要混出点名堂、分一杯艺术羹，我只觉得其意义微小。大浪淘沙，时间的沉淀，留下的只是那些真正有天赋有才华的名字和作品。平庸的人们，还是安于幕后，做好那些辅助的工作就算得上功德圆满了。

深度与广度的思考

以前在大学教计算机时，有门特重要的课程名曰数据结构，其中有一章题为"图"，涉及两种算法："深度"遍历及"广度"遍历。说得通俗点，深度遍历就是逮住一条道走到黑，直到撞了南墙或功德圆满了，再换下一条路；广度遍历则是同时开启多条道路，但每条路都浅尝辄止，慢慢推进。这两种算法都可以完成程序要求，只是方式不同。

将算法提炼为哲学对比到人生，区别亦然。深度还是广度，是两种不同的学习轨迹，更是两种不同的世界观。

在一个地方深度旅行，或去十个地方走马观花，哪一个更有意义？一门乐器苦练精通，或入门二十种不同乐器，哪一种更有意义？把一本书熟读吃透，或看五十本阅后即弃的书，哪一种更有意义？

深度得以升华，广度得以博闻，然生而有限，往往难以两全。有时我坐在阳光下发呆，常会感慨人生苦短却欲求太多，得到的还未深究，新鲜的又蜂拥而至。于是如何分配时间与精力，就成了一个难解的课题。年轻时记性好精力旺，深度学习能长久扎根记忆甚至毕生难忘，而广度体验能广泛提升视野并且丰富谈资，不同的方式会带来完全不同的人生。

射手座的我，终究是有些偏好广度的，贪玩也好，花心也罢，总乐意多尝试些新事物，也正因此被不少朋友谬赞"万能"，殊不知在"一万小时定律"映射之下，大多领域我也不过皮毛而已。看到身边友人有的弹琴出神入化，有的围棋落子如飞，有的游泳劈波斩浪，有的摄影匠心独运，偶尔忍不住羡慕，暗叹"如果当年少看几本书多练几天琴，估计现在老子也能弹这么溜""把出去旅游的时间和钱拿来学跳舞，现在会是怎样的我？""大学要是没读计算机去学个相声啥的，如今应该也是一方班主了吧？"等等。但转念再想，假设命运颠倒真让我做个纯粹的匠人或艺人，哪怕技压群芳，真的就会比现在兴趣广博的自己快乐吗？

思考了半个时辰，脑海里各种时光倒流的幻想，我最终还是给出了否定的答案。

往后余生，继续广而学之、广而玩之吧，也许永远攀不上珠峰，只求多登几座高山；哪怕永远采不到雪莲，但望多撷几朵野花。

你看，我还是很了解自己的。

思想的深度有多长

昨晚和王大治去了李继东家做客，几个人在餐桌上吃喝起来，颇有几分家庭聚会的味道。相较于那种在饭馆里，旁边站着服务员，邻桌坐着"大喇叭"的吃饭环境，还是更热衷于这种在家里的交流风格。几轮小酒下来，大家的话题也转得越来越深奥，政治、民主、自由的讨论甚而上升到哲学高度。几个已而立的半老男人，指天论地纵述古今，气氛时而高涨时而低迷，各种思辨和碰撞，空气中充盈着头脑风暴。

李继东问我，活着是为什么，我喜欢这等有高度的问题。答曰：活着于我纯是为了体会，不断地体会新鲜，让自己短暂的生命里能见识到更多，不白来人世一遭，也让老去之后的自己能有更丰满的记忆。

而聊到关于思索的话题，我在饭桌上总结，其实吾等草民的视野之窄，是中国自古以来的极致。生活终日挥舞着鞭子驱赶着我们不断前进，为着不可知的未来努力，看似人人忙忙碌碌，但实则茫然如鼠。真实的东西日渐式微，思考的范围也难跨越方圆五百米。

幸运的是，有时自己还能意识到这种窘态，稍微将自己从时代大潮向后拉扯一点。

我们拥有的物质可谓丰厚，数码风潮一路淘汰着模拟电路和手工制造，且不论满大街穿梭来去的iPhone（苹果手机）、iPad（苹果平板电脑），各种景点咔嚓作响的单反相机，即使落伍如我，不也在家里挂着投影仪看豪华大片。但满目琳琅之后，却是思想深度的无法前行。速食文化就好似洋快餐，拉快了生活节奏，也加速了我们的愚钝。

可每个人也都有其自我选择的权利不是吗？糊涂地享受不也是种快乐吗？毕竟大多数人宁愿做一头快乐的猪，也不愿当位痛苦的哲学家。这个社会，谁也笑话不了谁，对于上苍来说，每个人物也无非是个笑料罢了。

春天已经来了，抽芽的绿色在召唤我的脚步，选个时间去踏青吧，我要在大自然里跳舞。

创作的蛰伏期

每次做完一张唱片，我都会有很长一段创作的停顿。

以前我曾怀疑这是能量被榨干的表现，有过不安的恐慌感，现在已经释怀。

这不是枯竭，而是蛰伏。

我不认为自己在音乐创作上有低谷和高峰之别，较真的话，大概只有偷懒和勤奋之分吧。

从十八岁那年第一次写歌开始，我就没停止过创作。最勤奋的大概是2003至2005年左右，至今硬盘里还保留着那几年留下大量的歌曲半成品。黑撒已发行了三张专辑和一张杂碎EP，自己独立出的专辑也有两张，数量上绝对不少——但其实这些已发行的成品，只是自己所有创作歌曲中的一小部分罢了。把剩下那些未完的灵感全部激发出来，再出个六七张唱片也不是难事，只是未必足够商业和流行而已。但我可以自信地说，相对于国内音乐市场上每年不计其数的商业垃圾，我那些没写完的作品，无论词曲的质量，都绝对对得起听众。

说白了，还是自己会偷懒吧。

可，为什么不偷懒呢？

年轻时，觉得写歌是人生最重要的事，于是不停地写，最初在本子上，后来转移到了电脑。歌词从写满的小本子上重新录入到 Word 里，文件多到要分好多个文件夹存放。音乐的创作平台从一把吉他到 Cakewalk（音频制作软件）、CoolEdit（音频处理软件）再到 Nuendo（音频制作软件），直到最近又回到一把吉他，录了数不清的 demo。我会在某个周末，把这些半成品翻出来逐一欣赏，顺便暗赞自己才华横溢（又自恋了，该打）。

但数量可人又有什么真正的意义？我始终没有足够的时间和精力，去把所有的半成品完善，它们躺在硬盘里，也无非只是残次的所谓灵感。而被生活不断洗炼的自己，早已怀揣不同的人生观、世界观、艺术观，更愿意去写新鲜的玩意儿，而不是把这些剩菜拿出来二次淘洗加工了。

更何况，有天听身边一个玩音乐的朋友讲，他一年就写了两百首歌。

两百首歌！一年！让我情何以堪？！难道他从来不打游戏、不看电影、不读小说、不谈恋爱、不玩微博、不逛街、不淘宝、不理财、不旅游、不发呆、不锻炼、不PS照片、不钻研菜谱、不重装电脑系统！——如果那样，即使我一年写365 × 8首歌，又能有多大乐趣？

生活中比写歌有趣的事多得多，我也始终坚信：缺少生活的多样性体会，创作必然苍白无力——人必生活着，创作方有所附丽！

很多人总希望我不停地写歌，但写歌并不如你们想象得那么快乐，也不似我年轻时想象得那么重要。

很多人觉得吃饭是种负担，因为到了饭点即使不饿也得吃。生存使然。但当写歌也如此，窃以为是种悲哀。好在，在写歌这件事上我完全自由。想写的时候没人能拦我，不想写也没人有资格冲我抱怨。于是，我能在创作的道路上"常常蛰伏，偶尔爆发"——这是多么幸福！

摇滚乐对我的生活的改变

　　写这个答案时，坐在电脑前，BGM（背景乐）是极端乐队的《故事三面性》专辑——我最喜欢的摇滚乐唱片之一，听了好多年还是很爽。喜欢上摇滚乐对我的生活有什么改变？想一想那可真是天翻地覆的改变，从世界观到交友观、恋爱观，乃至最后选择的人生职业，都几乎在那一刻决定。

　　初中时的我，迷恋童安格、齐秦、谭咏麟这类港台歌星，直到一次偶然的机会听到了《梦回唐朝》，惊了！歌还能这么唱？听起来那么沉重的乐器是电吉他吗？这歌词里怎么没有爱情？

　　总之那个黄昏真的有一种醍醐灌顶的感觉。从那之后，我把唐朝的第一张专辑翻来覆去听了无数遍，接着是崔健的《新长征路上的摇滚》《解决》，黑豹1、2，超载，再到郑钧、指南针、魔岩三杰等，而且也很快地从英美那里汲取了营养：Led Zepplin（齐柏林飞船）、Pink Floyd（平克·弗洛伊德）、Nirvana、Radiohead（电台司令）、Metallica、The Beatles（甲壳虫乐队）、Aerosmith……

那个少年，从此把所有港台歌曲的磁带都尘封了，他的随身听耳机里永远塞满了摇滚乐。

摇滚乐里"桀骜不驯"的一面让正值叛逆期的我变得愈加叛逆，和班里同学一度变得疏离，只和身边几个有审美同好的哥们儿走在一起。这个情况到了大学愈演愈烈，以至于和宿舍舍友因为摇滚大打出手——这个故事曾在别的文章里写过细节。最终每天和外校一帮吉他青年混在一起，差点因为想去搞乐队而退学。

那时喜欢的女孩子也都是外形个性、与众不同的款，当然首先得是爱摇滚的妹子。曾经在卡带摊上和一位学姐聊了几句"红辣椒"乐队而心动不已。说白了，浸染摇滚之后，自己一度变得孤僻和自傲，对身边的一切都产生了鄙夷。那时候的文字里充满了哀伤和愤怒。

当参加工作之后，我对摇滚乐又有了更多的理解，也对这种文化传递的"Peace & Love"（爱与和平）精神体会更深，性格变得包容，懂得了"求同存异"的道理。这反映在听歌上，对自己不爱的风格也不再以鄙视的眼光去看待。用这样的心态再去听那些20世纪七八十年代的摇滚乐，又有了不少新的体会。

摇滚乐里既有向内的审视，也有向外的延伸——既让你对话内心的真实，又去拥抱丰富的世界。喜欢上摇滚，让我对世界有了更大的兴趣，正如渴望去听到更多精彩的乐队一般，我也热衷于观察及体验所有新鲜的事物，这让我之后的人生充满了许多未知的快感：大学教师、乐队主唱、旅行家、专栏作者……总之偶尔自觉快乐，常常心潮澎湃。

当然，摇滚乐对我最大的改变，是给予了我梦想，并让我以其作为职业。从十几岁第一次抱起吉他，到二十岁第一次在舞台上踩下失真效果器，到第一次发专辑，第一次音乐节……每一次全新的体验，都是人生的挑战！我感谢命运赐予我这样的人生轨迹，但我也始终相信，不仅是我选择了摇滚乐，也是摇滚乐选择了我——每个人与梦想的结合，都该是如此的互选。

也许对现在很多孩子来说，摇滚乐只是一种普通的、无非形式上"嘶吼"一些的音乐风格。这也没错，不同的时代，文化及艺术对人的冲击力也不同。如果我是在2020年首次听到摇滚，也未必会有多大的灵魂触动——无可厚非，这本就是更包容的审美世界——你瞧，这也是摇滚乐教会我的。

从抑郁中成长

2019年年底，惊获突发消息，西安音乐人老钱与妻子双双在家自杀身亡。原因众说纷纭，但有一说是受抑郁症困扰已久，最终爆发寻了短见。和圈内朋友聊起来，大家都不免唏嘘。

老钱已是年近半百的中年人，尚且难胜抑郁心魔，而我身边深受抑郁症折磨的年轻朋友也不少。这几年常常看到朋友圈里各种自怨自艾甚至难熬诉苦，轻重程度不同，但都惹人同情。陷入抑郁的原因人人不同，有人因爱情失败，有人因工作失意，有人因家庭失和，也有人毫无缘由就跌入精神深渊。我曾努力帮不少朋友去释怀心中的苦楚，有时立竿见影，有时收效甚微。在我的感觉里最终能走出抑郁的，靠药物者少，靠时光者众——时间固然能治愈一切，但又那么难挨。

犹记得读书时有那么一年左右，自己也有点轻度抑郁，睡眠困难，心情沮丧，对未来充满怀疑，即使最爱的音乐也无法拯救。那段时间写下的小说和日记文字透着悲哀与绝望，现在重读觉得做作浮夸，但当时的心态的确十分悲观。那时的我，鄙夷身边的一切，又忍不住深深的自卑，常常陷进自我挣扎；爱情、友情、亲情都看得很淡，流于形式化；夜不能寐，晨不能醒，烟不能停；夜深时经常想起青春渐逝，泪洒枕巾。

还好我骨子里终究没心没肺，对世界的好奇心又太强，没有足够的精力去自我折磨，随着写出了《秦始皇的口音》《陕西美食》《贫嘴高中生》等一系列同样没心没肺的欢乐歌曲之后，那曾经的抑郁不自觉间竟已痊愈了。我就这么成长着，忧伤的底子还在，所以还会写伤感的作品，但性格已然阳光温和了。

新年已至，朋友圈里又看到一些自励的文字或表情包，不管周遭如何，境遇哪般，每个人都渴望更美好地活下去吧。只盼我们都能更加强大独立，面对这时代越来越大的负能量，还之莞尔。

为电影《嘻哈江湖》做编剧的故事

　　《嘻哈江湖》终于上映了，有人喜欢，有人鄙夷，这些都在我预料之中。片子有太多不足，太多硬伤，有些是能力问题，有些是客观限制，还有些是不可抗力。总之，不管好坏，就像个孩子，它终于还是降生了，哪怕先天不足，或是后天失误，终究是自己的骨肉。这篇文字，就回忆下这部电影诞生的那些人和故事吧。

　　我是个摇滚歌手，也写过一首歌《玩民谣才是王道》（其实是嘲讽），但骨子里，我对于说唱音乐是有不舍的情怀的，从1993年最早从打口地摊儿上听到Public Enemy和MC Hammer（哈默），就对这种节奏感强烈的音乐风格产生了浓厚的兴趣，后来2-PAC、Dr.Dre（德瑞博士）、Eminem（埃米纳姆）、The Game（杰森·特雷尔泰勒）……从old school（守旧派）到new school

（新式嘻哈）一直都很喜欢。国内的众多说唱歌手，大多的作品我也都一直关注有听，其中很多才华横溢却被埋没的rapper（说唱歌手），最终因为生活和现实无奈放下了说唱的梦想和手里的麦克风，这些都让我深感惋惜。2010年左右，国内的MC Battle（多指两个说唱歌手的即兴比拼）比赛受关注度高涨，Iron Mic（钢铁麦克，一种即兴的说唱比赛）成为每年说唱乐迷们的盛宴，我们西安本地的地下八英里、要钱不要命，以及后来的干一票等比赛也风生水起。很多说唱歌手，从battle（较量）比赛的现场走进乐迷的视野，用他们的freestyle（即兴说唱）征服了越来越多的人，也在之后用更多的原创作品展现了自己——小老虎、大狗、LIL RAY、派克特、丁飞、贝贝、大卫、PG ONE……那段时光，也许是国内地下说唱最井喷的时代，太多有才华的孩子，用舞台上的battle，证明着自己和说唱音乐的魅力。

拍一个跟MC Battle有关的电影吧——我脑子里最初的念头，就来自那段时间。其实这两年，国内MC Battle的氛围渐弱，各种比赛的关注度和参与选手的知名度都在下降，但还是有很多热爱说唱的rapper在刻苦地练习，他们心中自有征服舞台、打败对手的梦想。今年的网综《中国有嘻哈》里，肯定也有battle的环节，也许又会给大众好好展示一下MC Freestyle Battle的（即兴说唱较量）各种魅力。

2015年年底，我写了一个剧本大纲给了制片人，描述了一个故事梗概。写这个故事的时候，在结构上我借鉴了一部韩国电影《哭泣的拳头》，同样的叛逆少年与失意大叔，同样的绝处逢生与绽放光彩，只不过主线从拳击换成了说唱。写完这个故事，我自己脑补了一下想象中的画面，觉得如果拍好了，一定是个有趣的电影：MC Battle自有其强大的视听吸引力，用押韵和flow去攻击台上的对手，借助音乐的载体，其杀伤力不亚于一记重拳，趣味性更有过之而无不及。我的想法说动了我后来的合作者们，没多久之后的某个夜晚，在北京的一个餐厅，我、导演梁锋、制片人成晓琨、执行制片小杰四个人第一次碰头，并开始谋划这部电影。大家聊到说唱文化，都有些激动，我们的共识，让那顿饭吃得又久又痛快。而且聊天中得知，这位拍过街舞电影《热舞之灵》的导演梁锋，他的大表哥居然是我的同行：二手玫瑰的主唱梁龙，哈哈，缘分啊。

之后他们几位找了一位编剧老师着手打磨剧本，开始丰富每个人的性格并为他们设计台词，剧本中还致敬了Eminem《八英里》中经典的开场段落，让石头上台的第一场battle张不开嘴。

我则回到西安，一边写片子里大段的battle歌词，一边开始联系电影里客串的演员。最初我的想法，两位主演都想找职业的说唱歌手，我想找贝贝来演片中"石头"的角色，找派克特来演片中"大叔"一角，但导演和制片方都担忧"歌手的演技"，这个顾虑完全合理——但是，如果找专业演员来演rapper，他们的说唱水平能达标吗？带着这种矛盾，我们在选角的过程中不断纠结着。

最终，制片方找到了何索来扮演"石头"。何索，年轻演员，帅气可爱，擅长演各种青春帅哥，但对说唱和battle毫无基础甚至一无所知。另一位主演"金哲大叔"的是景熙：郝云乐队的贝斯手，擅长弹贝斯，形象符合任务要求，但无表演经验，无说唱经历。

在我计划用三个月左右时间培训他俩，以期达到基本说唱素养的时候，制片方告诉我，因为投资、档期等各种原因，三个星期后就要开机了！天哪！

临阵磨枪行吗？我深深怀疑这一点，甚至为此闹了几次情绪。最后，我发了很多battle比赛的视频给何索和景熙，然后尽快把已经完成的battle歌词发给他们去背诵练习。

除了两位主演，剩下的各种男配角，都是由西安的一众说唱歌手客串的。把大家找来，也颇费了一番功夫。最初我只认识派克特和贝贝，我微信分别联系了他俩，邀请他们加盟演出，他俩都很痛快地答应了。当我提出电影里需要一个留"脏辫儿"的MC时，派克特还推荐了丸子，说他虽然没有脏辫儿，但有一头长发，看着也挺ganster（混混流氓）！然后就在我继续寻觅其他的rapper演员时，在朋友圈里看到一个让我瞬间头大的消息：贝贝和派克特两人beef（说唱中指有过节，有矛盾）了，且恰好与一场比赛有关！

这件事过去很久，细节不提了，但当时还是在说唱圈内引起了不小的风波，毕竟两人分别所在的红花会和N/U是西安最负盛名的两个说唱团队。没几天peace（平静）了，但我依然担心电影开拍时，会不会有什么不可知事件发生，这个事也让制片方非常担忧。事实上，在最后两天光音16酒吧的拍摄现场，贝贝和派克特碰面了。之前我分别给他俩电话确认过，也叮嘱假如遇到，毕竟都是我的homie（好友、兄弟），希望大家面子上过得去。而我的担忧是多余的，在拍摄现场，大家相谈甚欢，也都努力地投入自己的拍摄表演，这让我真的非常感动——大家都认同我们共同在为说唱音乐做一件事，也在共同凝聚我们西安自己的说唱力量，而之前的矛盾都让它烟消云散吧。

来自N/U的丸子、辛巴、鱼头、小车在派克特的推荐下也加入了剧组，我又拉来了熊猫，而地下八英里的组织者聂磊，又帮我找到了门猪和海啸，但还差一位。得，那我自己硬着头皮上去充数吧，最后一个MC的角色就这么凑齐了。我又半邀请半"强迫"地给我们黑撒乐队的王大治和毕涛一人安了一个角色，加上贝斯手景熙，这部电影真是音乐人扎堆啊。

没多久，剧组就着手筹备，导演和摄影组从北京飞来西安，何索也提前进组。N/U的一帮兄弟，开始抽空每天辅导何索的说唱和舞台动作，并帮他一句一句修订battle比赛的歌词，让他尽快像个真正的rapper，当然这很不容易，回想起来真是辛苦几位老师了。最后何索的声音，还是让小车做了后期配音，不过居然没有明显的违和感，赞。剧组也收到了来自"STA"和"黑怕不怕黑"的服装及饰品的赞助，帮助演员们"起范儿"。光音的老板毛哥，也慷慨地提供了WATT酒吧和光音16作为电影里两场battle比赛拍摄的场地。

2016年1月，电影正式开机。开拍之后，一切都在导演组的掌控下进行着。时间紧任务重，因为投资和档期限制，必须在十天左右拍完前期，那些日子导演和制片人带着全剧组各种奔波抢拍。恰逢西安冬天最冷的时日，而片子里要拍的是春天的故事，演员们只能穿春装上镜。主演之一景熙那些日子正在巴厘岛度假，我想他那些度假的时光一定在努力背诵剧本台词和battle歌词，因为当他进组时，只有两天拍摄周期了，而他居然已经能顺顺利利地背下我写的那些歌词，肯定提前下了好多功夫！

那些天也正是我演出比较多的时候，不能常去剧组现场。所幸大家上下一心，最终还是如期完成了拍摄。我自己的出镜在倒数第二天，饰演一个被金哲大叔击败的说唱歌手，而最委屈的是：金哲大叔用来攻击我的所有歌词，所有又狠又炸的梗，全是我自己写的，自己写词骂自己，我是有多人格分裂。

过年后，制片方告诉我，因为一些主客观原因，出成片和上映时间会大大推迟。这么一等就过了一年，尺度超限、素材丢失、声音BUG……种种的问题接踵而至，甚至片名也一改再改：最初片名叫《闭嘴吧》，后来在发行公司和平台的要求下，经过多次换名，最终被定为《嘻哈江湖》。这个名字听着挺酷，但其实我并不是很喜欢，因为这部电影没有任何江湖气，它讲的都是小人物的故事，没有"圈子"。其实在我最初的故事梗概被改写成剧本的时候，制片人就告诉我有些情节被删改了，比如涉及"FLY"的韦伯（派克特饰），比如石头和金哲更颓废更激进的一些举动……导致最后的故事情节常有观影的断裂感，也让最初想去展现的"残酷青春"打了折，算是遗憾吧。

为这部电影付出心血的人很多，相比剧组里所有辛劳拍摄和后期制作的工作人员，我其实是最没贡献什么力量的人。很感谢所有参与《嘻哈江湖》的人，我们一起做了件"吃螃蟹"的事！虽然不完美，但我们还是勇敢地尝试了，也绝不后悔。只要有人因为看这部电影，对battle文化甚至说唱音乐有了兴趣，那所有的努力就都没白费——事实是，拍完《嘻哈江湖》，贝斯手景熙变成了一个rapper，开始创作并演唱说唱歌曲，并经常在郝云的演出中表演说唱；剧组中不少从未接触过黑怕文化的工作人员出口成章，聊天都跟freestyle说唱一样押韵。虽水平有限，条件不足，但为了推广中国的说唱音乐和黑怕文化，这部电影里的很多人都愿倾尽所有！那些遗憾，那些BUG，那些失误，请大家见谅，我们是第一次试图呈现。而在未来，当获取了更多的经验和你们更多的建议，下一部一定会更好更成熟，也更符合我心中对说唱电影的标准！

计算机专业毕业生玩音乐
是种什么体验?

　　说起来,我还是985高校计算机毕业生,本科专业是"计算机科学与技术",研究生专业是"计算机软件"。

　　曾在NEC(日本电气股份有限公司)的合资公司工作近一年,任职测试工程师。后在大学任职计算机教师十年,主打教学科目:数据结构、操作系统、C&C++。

　　上学期间,我自己也接过个把私活,写写代码、做做网站。

　　现在是个自由音乐人,收入主要来源是靠玩音乐。

　　看到这个题目,首先我有点疑惑。为什么要刻意画重点"学计算机的"呢?当前国内音乐圈里,特别是通俗、流行、摇滚、说唱的范围内,一半以上的表演从业者,都非音乐专业毕业,而他们原本的专业及职业五花八门:播音主持、文学、历史、外文、财经、体育、化工⋯⋯不一而足,计算机专业出身的只是其中一小部分而已。

跨专业去玩音乐，大部分源于爱好，说得更好听就是"梦想"。

有的人真的只是"玩"，有的人则把其当成了职业，我算是从前者逐渐过渡到后者的例子。

其实在我接触计算机之前，就已经有写歌弹吉他的经验了——当然是来自中学。当年高考后选择专业，我还完全无知懵懂，最后挑中"计算机"纯粹只是因为那个年月此专业很热门。热门的原因我并不太理解，因为那时大部分中国人还没见过电脑，甚至作为计算机专业学生，我也是到了大二，才第一次接触到学校机房里的PC——286、386、486，到大三的时候宿舍六个人凑钱攒了一台组装机，才第一次玩到了奔腾CPU。

我喜欢计算机，不管是操控还是编程，因为有一种驾驭感，比如写了一段代码，看到电脑听话地完成指令，会有一种小小的成就感。但这种快乐，对我来说远不及弹琴开心，更比不上写出一首自己满意的歌的那种快感。所以大学七年时间，虽然我各专业课的成绩还不赖，考研也算顺利，但其实我花费更多心思的事情还是在弹吉他和玩乐队上的。之前我在别的回答里，写过自己大学玩乐队的经历，我认为那是我最幸福最快乐的黄金时代。

研究生毕业那年面临未来选择，因为之前在日本公司实习的悲惨经历（无底线加班、重复劳动、工作期间晕厥等），我对于投奔一个IT公司996这件事，开始越来越抗拒。我也去参加了几个面试，印象中大部分都表现尚可，只有在华为的笔试中成绩不佳被拒——后来我在《流川枫与苍井空》的歌词里，让女主拿到了华为的签约书，以弥补遗憾。

最终我一个IT公司都没去，也拒绝了学校请我留校的邀请。借着那年的"非典"，我在家啃了半年老。每天躺在床上，抱着我的诺基亚手机玩贪吃蛇游戏。那一年，我成为我们那届计算机硕士毕业生中唯一一个无业游民，学校印刷赠送的毕业纪念册上，我的同学们大多身在北上广深的华为、腾讯、中兴、联想乃至微软、IBM、甲骨文等公司，而只有我的就职单位是"无"。其实我知道，我的心有不甘，我只是不愿意随波逐流，去接受命运的安排。我能想象得来，如果当年我跟大家一样进了某个IT公司的某个部门上班，从研发干起，到管理结束，现在应该混得也还不错。可那不是我想要的人生，在二十五岁那年的春天，我清清楚楚地明白。

后来，我和我的合伙人马蜂开了音乐工作室：时音唱片，给西安的摇滚乐队们录音和制作。工作与面向的客户群体整体经济条件有关，收入甚微，入不敷出。无奈之下，最终我做了妥协，选择进高校当一名教师，这样可以在保证收入稳定的条件下，获得尽量多的假期和自由时间。这个时候我的文凭和计算机知识再次派上了用场，我成为一名计算机老师。在我十年任教期间，我一直没有停歇玩音乐，也一直在写歌。大学老师这个职业虽然有很多槽点，但只要你没有"一路向上爬"的欲望，确实可拥有很多自我空间。这也使得后来我的乐队走上职业化，演出越来越多的时候，依然能做到游刃有余。

2000年左右，以计算机为工作站打造个人录音系统在国内逐渐推广，那时候互联网信息还很不发达，那些音频或MIDI软件大多是英文版，很多玩音乐的人无从下手。我那段时间花了很多精力学习计算机音乐相关技术，并做了大量的工作在翻译和撰写相关教程上，那时我学的计算机知识起了不少作用。我也把自己写的教程文章分享在网上，帮助更多音乐人接触计算机，利用计算机来做音乐，其中一些文章收进了大学录音专业的教辅。

时代在进步，现在计算机早已飞进千万家，大家都玩得很好，加之资讯发达，资源便利，现在的年轻音乐人使用电脑玩音乐已经非常顺手。Cubase&Nuendo、FL Studio、Logic、Sonar、Pro Tools、Audition……这些软件的操作现在要学会也是很简单的事情了。所以，我不觉得在如今这个时代，学计算机的人会在音乐领域还有什么独特的优势。

如果非要说，那也许是计算机编程的逻辑思维和音乐创作的感性思维，同时存在于一个大脑里，会碰撞出不一样的火花吧。

也许我写的那么多歌，都是这种碰撞的产物，而自己并不自知呢。

最后说明一下，我在2013年选择辞职，结束了我的教师生涯。从此后不再写代码，不再搞理论研究。

此后，计算机于我，就是做音乐的伙伴、写文章的工具、下载影音的枢纽、修照片的设备，以及一台游戏机。

我的摇滚观察与评论

第四章

摇不摇滚，不是看这个人每天的生活状态。你可以吃窝窝头，抽两块钱的都宝或窄版猴，装扮另类，地下室死磕，半夜不睡，白天不醒地摇滚着；我也可以朝九晚五，正襟危坐，早睡早起，和别人眼中的"普通人"没什么区别地生活着。但我内心燃烧的火焰，不见得就没你摇滚！

黑撒第四张专辑《废城甜梦》封面

摇滚与商业，摇滚与流行

摇滚与商业,
摇滚与流行

　　难得今天有一整天休息，天气也变凉快，心情很好。创作的欲望，混着窗外灰蒙蒙的天空包围着我。

　　最近我和乐队的人在讨论今后的创作。细节各有见解，但众人有个共识，愿让黑撒的作品更纯粹些。摇滚乐现在在中国越来越主流，越小众的越彰显品位，反而大众倾向的显得乏味——这是很多艺术家的终极矛盾。我相信很多被人认为傻帽儿的歌手也会有自己的艺术品格，只是因为市场而无法施展真实的内心。毕竟，在国内假设你真的要通过艺术吃饭，一点不妥协是不现实的，更别提买房买车养儿敬老了。我觉得能找到妥协的完美点的人，那才是真正的天才。比如王菲，比如张震岳，比如许巍，都是绝对商业也绝对个性的。周杰伦早期把握得也很好，但现在太过商业了。我也期待找到那个很好的平衡点。

从我自己来说，我从不排斥主流和商业，虽然我也很尊重和喜欢地下音乐。我身边的乐手朋友，大多是做地下音乐的，直率，有理想，但不代表他们都满足于现有的状态。地下到地上，也许只是几厘米的距离，但要穿越并非易事，很多人一直在为此而努力着。如果说哪个所谓艺术家说自己不乐意自己的作品被更多人接受和喜欢，我只能说他一定在潜意识里认为他对自己作品的不自信吧。对我影响很大的摇滚乐队不少，比如Oasis（绿洲乐队）、Suede（山羊皮乐队）、Pink Floyd、Nirvana、Linkin Park（林肯公园）等，都是世界级的商业大牌，他们当然也都有过地下的时候，但真正风靡全球并影响到类似当时我这样的摇滚青年，都是在他们走入主流舞台之后。他们才是我的榜样，是我永远欣赏的状态。从我十五年前第一次抱起吉他，就希望有一天创作的歌能被很多人喜欢，从黑撒诞生到现在，我也从不认为这该是一支"地下"乐队。

摇不摇滚，不是看这个人每天的生活状态。你可以吃窝窝头，抽两块钱的都宝或窄版猴，装扮另类，地下室死磕，半夜不睡，白天不醒地摇滚着；我也可以朝九晚五，正襟危坐，早睡早起，和别人眼中的"普通人"没什么区别地生活着。但我内心燃烧的火焰，不见得就没你摇滚！

西安的摇滚性格与摇滚乐

有人问，西安的摇滚音乐为什么繁荣？

这个问题，要回答起来其实是有一定难度的。我一点点说吧。

一、西安的摇滚歌手真的多吗？

其实，你们真的知道的也不过就是"老三样"吧：张楚、郑钧、许巍——这三个人名，从20世纪90年代起就代表着西安摇滚，到现在提起西安摇滚，还是这老哥仁。所以，说西安摇滚歌手多，我倒真不觉得在非本城地界，会有很多人承认这个立论。

张楚成名于1991年左右，郑钧是1994年，许巍是1997年左右。差不多都是二十年前的事了。

有人问西安的摇滚歌手是否受到"西北音乐"风格

影响，那么我来逐一简单地分析下他们的作品与西安的渊源。

张楚早期的作品如《西出阳关》，里面有些旋律其实很西北风，虽然带着张楚所独有的旋律怪味儿。但从他最好的那张《孤独的人是可耻的》开始，他的音乐和西安就没有任何关系了，无论歌曲的旋律，还是编曲配器上，都没有半点西北风情。

张楚早年去北京寻求发展，后期的作品基本在北京等其他城市创作。已经多年不在西安生活的他，无论玩的还是摇滚或是民谣或是电子，除了祖籍，都和西安不搭。

郑钧早期的歌，偶尔能听到类似西安方言的旋律。

举两例，一首名为《牌坊》，其第一张专辑里不太著名的歌。另一首则是大热的《天下没有不散的筵席》，副歌的那句"天下没有不散的筵席"，基本就是陕西话。

其实郑钧成名后也一直没在西安发展和定居，他中期的作品基本无任何西安元素和特征。

后来有一张《长安长安》的唱片，同名曲里倒是借用了秦腔元素，而且副歌里"长安"这两个字的发音是西安方言的吐字，体现在那个"安"字上。陕西人才懂，我用拼音不好表示。

许巍的歌曲里没有任何陕西旋律和西北音乐的特征，除了他的一些作品的歌词提到了家乡，比如《我思念的城市》《故乡》等。

二、西安的摇滚乐为什么繁荣？

虽然西安没有多少真正全国出名的摇滚歌手，但西安的乐队真的不少。

原因其实很简单，西安的大学非常多，在国内的省会城市里绝对排得上号。所以每年的开学季，都会有全国各地奔来这里的大一新生。他们带着各地的文化和思考，在学校，在周边，寻找着自己的音乐同好，组成一支支乐队，创作一大批或优秀或平庸的作品。

也许几年后，他们毕业了，乐队解散了，他们带着新的梦想去往祖国各地的不同岗位。但又有一批新生力量扛着吉他，提着贝斯，又来到这座城市补上缺口。

可能优秀的、顶尖的乐队不够多，但基数绝对够大。因为学生多，所以观众也多，摇滚演出人气足够。

只是，量变不一定会产生质变，很多在这肥沃土壤里成长出来的希望的种子，最后还是选择去北京发展，湮没在北京那来自全国的茫茫乐队之中。

三、西安人的性格与摇滚乐

西安生活节奏偏慢，本地人喜欢安逸自得地过日子。比如我。

但西北人的耿直，又让他们需要一种强烈而直白的表达方式，摇滚乐就是这样的一种存在。

有闲有劲而又要寻找有趣，那么玩乐队是一种多好的选择啊！

只是西安人骨子里又颇多傲气，不善商业，所以大多乐队最终也都随着年龄和现实压迫而随风逝去。

要说到"坚持"两字，西安人真不是佼佼者。同为西北，甘肃、宁夏甚至新疆玩独立音乐的人，都要比西安音乐人能坚持。这，也算西安人性格的影响吧。

四、关于我自己和这座城市

我是土生土长的西安南郊人，喜欢摇滚乐二十三年至今，创作第一首歌到现在已有二十年整。之所以能一直坚持做摇滚乐，是因为它最终会成为我的职业和事业。虽然我爱好很多，涉足的行业也非常多，但摇滚乐是我目前收入的最大来源。所以，我坚持干摇滚乐的年份，算是西安最长的一拨了吧。我的音乐，黑撒乐队的歌曲都是本地方言的旋律，算是受西安这座城市影响吧。歌词里也经常写到这个城市的一些故事和地点。因为我写的都是自己的生活，所以难免会牵涉到这座生我养我的大古城。

不过，黑撒的音乐风格主要还是受布鲁斯、电子乐、说唱、金属这些的影响，所谓的"西北音乐"，并没有。因为我不爱听，也没怎么听过"西北音乐"——不管是陕北信天游，还是宁夏花儿之类的，都不是我的菜。

非要扯点边，可能会有秦腔里的一点点元素，但也仅限于几句唱词。大家可以百度听听这首《西万路上的雨remix（再混音）》，里面采样了几句秦腔唱词。

提到秦腔，又想聊几句最近很火的华阴老腔，他们是我的老相识了。

华阴老腔和黑撒一起演出过多次，包括西安、上海、太原、北京。今年3月他们参加北京卫视《造梦者》栏目的比赛，我们乐队作为助演嘉宾也和他们合作了两次，第一次唱的《一无所有》，第二次唱的《山丹丹开花红艳艳》。配合得比较仓促，形式大于内容，我个人觉得差了些火候，虽然现场反响也很好，评委们各种感动流泪。谭维维在《中国之星》里和华阴老腔的合作，要进步一些，编曲和配合更成熟。我希望在明年黑撒的一首新歌里，和老腔们好好混搭一次，争取能有些好的亮点。

现在各种媒体声音把华阴老腔炒作成"中国最早的摇滚乐"，对此我并不认同。

摇滚乐里该有的自由、创新、叛逆、表达、真实，这些华阴老腔都不具备。老腔这种形式是戏曲，也只是戏曲，它不该是，也不可能是摇滚乐。它可以拿来和摇滚乐嫁接合作成为一种表演，但说老腔是最早的摇滚乐，那对老腔和对摇滚乐都不公平。

好了，就瞎聊到这儿吧。成文仓促，逻辑较乱，希望给关心此问题的朋友一些参考吧。

新说唱与新梦想

　　今年的盛夏时分，对我来说最期待的除了俄罗斯世界杯足球赛以外，就是爱奇艺的大型音乐网综《中国新说唱》了。它沿袭自去年大热的《中国有嘻哈》，再一次把Hip-Hop文化和说唱音乐搬上节目，给一大批国内说唱歌手提供了一个圆梦的舞台。

　　去年《中国有嘻哈》开播以来，我在微博和知乎上对每期节目进行点评。或许因为音乐人的身份，也可能源于自己多年在音乐行业摸爬滚打的经验，我的那些点评文字颇得到网友们的认可。不过因为点评时牵扯到个人好恶，难免惹得某些选手的粉丝不快，公然在微博上"diss"（诋毁）我，一开始我倒也不怎么搭理，但闲言杂语多了，我竟也"恶向胆边生"，连夜写了首反击键盘侠的歌《你最懂》挂在网上，用说唱歌手的方式回击谩骂，自觉干得挺漂亮。

这次《中国新说唱》导演组也提前多次邀请我去参加节目，我初始摩拳擦掌，思考再三却最终还是婉拒。除去工作忙碌家事缠身之外，我总觉得自己年岁虽长，胜负心却依然过重。比赛这种事儿，成绩好则还罢了，若是早早被淘汰，或是发挥遗憾，心里不免憋屈不爽。不如还是放下名利之念，安心做我的"场外乐评人"，倒也悠哉。

说唱音乐在中国发展二十余年，从地下小众终于迎来井喷之势，但一路伴随太多批评和质疑，未来如何保持向上的劲头，一直是圈内探讨的话题。说唱音乐作为一种舶来品，要在国内健康消化，必然要与本土文化嫁接交融，我想这也该就是所谓的中国"新说唱"吧。

如何与本土嫁接，我觉得比较好理解和上手的方式有三：

（一）在音乐里加民族乐器。这是最能体现"中西结合"情怀的方法，伴奏里来点儿笛子、唢呐、二胡、古筝，配上说唱音乐特有的沉重鼓点，马上给你一种"极致混搭"的高大上之感。

（二）用方言来演唱。中国地大物博，方言无数，拿来说唱简直个性得不得了。每个地方的方言味道都不同，说唱起来各有趣味。东北话的逗乐、四川话的泼辣、北京话的圆滑、广东话的优雅……咱们陕西方言更是不用多说，文可庄重潇洒，武可生冷蹭倔，玩说唱真是浑然天成。

（三）歌词里唱身边事。Hip-Hop文化里"real"这个词是核心之一，说唱音乐的歌词也特别讲究一个"真"字。吹牛炫耀这类的歌词听多了难免给人肤浅之感，而多写多唱自己身边事，写出地域文化的特色来，自然也就让歌词鲜活许多。

这些心得，我自己一直在努力实践，也有更多年轻的说唱歌手做得更到位，让我对说唱音乐在中国的发展充满信心。而且说到新说唱的"新"字，这一年冒出不少新的女rapper，从实力到外形不乏亮眼之人。女孩玩说唱，本身就酷到爆，阴柔、张扬、可爱、高冷往往集于一身，想不吸睛都难。推荐一位来自西安LazyAir组合的NINEONE（乃万），功底扎实，巾帼偶像！

说到西安的说唱歌手们，这个群体在国内颇得赏识，国内各城的rapper们"割地为王"，但无论走到何处，提起西安总能收获一片点赞。也许和这座古城深厚的历史积淀有关，也许因为这里高校林立引得无数思维碰撞，又也许源自西安人骨子里的内敛与本城正在变成"网红城市"之间的矛盾。总之，在这座每天都在飞速变化的都市里，艺术家们总能激发出太多灵感的火花。西安，这是座永远唱不完的城。

歌唱西安，是我的梦想，也一直是黑撒乐队孜孜不倦在做的一件事。这个夏天，我们正在北京录制乐队的新专辑唱片，十首新歌里几乎每一首都与西安有关，甚至有一首说唱风格的歌名字就是《夜幕下的西安》。我们的专辑制作人韦伟老师是广西人，他对陕西方言特别感兴趣，在录音的过程中跟着我们的歌自学了不少。我本来以为他会顾虑黑撒的方言演唱影响受众数量，但事实上他与我的见解类似：要local（本土化）就要local到极致，民族的才是世界的！

制作人的肯定，让我对这张新专辑充满了期待和信心。9月份，黑撒会带着这张唱片，做我们乐队成军以来第一次全国巡演，这算是自己另一个多年的梦想，即将实现之刻想想就激动。圆梦的过程总是快乐的，所以我总是不断给予自己新梦想，说不定到了明年，我就忍不住去参加《中国新说唱》了，届时，"以大龄说唱男青年的身份夺冠"也许会成为我的下一个梦想，哈哈哈！

庙会式的音乐狂欢：
谈谈日益升华的西安音乐节

西安音乐节这几年发展蓬勃，每年都有几场大型的品牌音乐节在本城举办，同时还会涌现出各式各样或盛大或袖珍的新晋音乐节，一幅繁荣昌盛的音乐景象，也给本城的青年音乐爱好者提供了很多快乐聚集的场合。回顾近十年来音乐节这种当前最潮形式的文化盛会，在西安的发展也曾历经坎坷，但终究日益升华。

2007年夏天，在曲江举办的第二届寒窑户外音乐节，当时真是轰轰烈烈。那时候的音乐节，不像现在阵容笼络全国知名音乐人甚至港台和国外艺人，而是基本由西安本地乐队组成。差不多当时稍有点名气的西安乐队都在演出阵容之中，也算得上看点满满。但因为主办经验欠缺、报批手续不全、扰民被举报等种种原因，寒窑音乐节被中途叫停，从演出艺人到观众都备感尴尬和受伤。

2008年冬天，在纺织城艺术区，第一届张冠李戴室内音乐节举办。虽然位置偏僻，但这种新鲜的厂房表演形式和以外地乐队为主的表演阵容，还是吸引了一大波热爱摇滚乐的观众赶来。也是从这次开始，很多年轻人不再把音乐节只看作纯粹的欣赏摇滚乐的场合，而挖掘出了聚会、郊游、购物、交友等其他附属功能。音乐节开始更多地展现其作为"节日"的特性和魅力。

2009年夏天，在大唐芙蓉园举办的"青年中国音乐节"，很好地把旅游景点和音乐文化结合在一起。当观众们坐在大唐芙蓉园古色古香的紫云楼下，看着湖边搭起的豪华舞台上高声呐喊的摇滚乐队表演，那种体验无疑是很有冲击力的。这几年草莓音乐节与大明宫，世园音乐节与世博园的搭配，都在参考与继承本次音乐节的场地考量，把最时髦的音乐派对放到最仿古的公园里举办——这也是西安这座古城得天独厚的优势。

2010年5月，草莓音乐节第一次尝试在西安举办，虽然雨势绵延，但观众情绪持续高涨，气氛非常热烈。在这次音乐节上，摩登天空公司带来了一种新理念：音乐节不仅只有摇滚乐，流行歌手和民谣歌手也可以有一席之地甚至压轴表演！林宥嘉、方大同、莫文蔚等流行歌星的登台，让大家在一派重金属与朋克的喧嚣中感到耳目一新。从此之后，流行歌手以及这两年特别火爆的民谣歌手，开始越来越多地占据了本城各个大型音乐节的名单，音乐节也不再是摇滚乐队的专属，而成为真正意义上"现代音乐"的综合舞台。

之后几年，恒大音乐节、城市森林音乐节、绿洲校园音乐节、秦岭音乐节等品牌不断出现，或成功或沮丧，都在努力推动西安的音乐市场。而西安草莓音乐节与世园音乐节，则作为相对成熟的品牌，逐渐站稳了市场。

花一百多元的门票，享受一天高品质的音乐之旅，想想的确也不失划算，所以音乐节的受众群也越来越广。如今，通常在周末两天举办的户外音乐节上，人声鼎沸、熙熙攘攘，装束夸张的摇滚死忠粉、携家带口的中年大叔、三五成群的靓丽少女，甚至偶尔惊现的白发老人，与舞台上高歌的音乐人共同构成了一道道绚丽的风景——这，难道不像一场盛大的文艺庙会吗？

台前幕后的草莓音乐节

每年一届的西安草莓音乐节刚刚结束不久。天公略作美，今年的音乐节那两天不算很热，这似乎也激发了更多观众参与的热情，虽然我手里没有统计数据，但凭直观感受，今年来大明宫遗址公园"摘草莓"的人数比往年多得多。对于舞台上的艺人来说，围观人数和演出投入程度绝对成正比，所以本届音乐节，各路乐队的英雄好汉也都格外卖力。谭维维拼了命地飙高音，MC Hotday新歌拿出来首唱，马颊各种耍宝讲段子，据说以前几乎从不返场的二手玫瑰居然也安可了一次。

作为一个"人来疯"型的歌手，我自然也不能例外。这次演出之前，我们专门准备了一个秘密武器：特邀唢呐高手。目的很明确，就是在出场时抛出一个爆点，炸翻全场。此人身怀绝技，不仅唢呐吹得天花乱坠，而且精通管子、尺八、埙等各种吹活乐器，最绝的是，他有一个半寸

2010 年，西安草莓音乐节
摄影 / 灰色

见方的小玩意儿，塞入口中后说话可发出类似婴儿的尖细声儿，新奇特别且笑点十足。黑撒演出开场时，我们几个都躲在幕后，他一个人站上舞台中间，观众正在疑惑此人是谁时，他已对着麦克风用这个婴儿怪声发出一句"大家好，我们是黑撒乐队"，一瞬间，下面沸腾一片，各种叫好呐喊声，音乐声起，我们的表演开始时，气氛已经热烈如火。秘密武器奏效明显，可等到前三首歌唱罢他完成任务拎着唢呐退下，我才恍然想起忘记了给台下观众介绍他的名字，赶紧亡羊补牢补上一句："请大家把掌声给我们优秀的唢呐高手：豪爽！"底下一片欢呼，然后一个突兀的大嗓门冒尖出来："哇，豪爽，你吹得真的好爽啊！"

咱们西安的乐迷嗨起来的确毫不矜持，唱那首《流川枫与苍井空》前，我刚说了句"这几天又到了毕业季"，底下一帮男士们已经此起彼伏地喊起了"苍井空！苍井

　　　　　　　　　　　　　　　　　　我在长安玩摇滚

空！"丝毫不掩饰同学们对岛国女神的喜爱。不过这首歌毕竟是个悲情故事，那天的万人大合唱中，也掺杂了不少抽泣声。也是，校园爱情的可贵，当事人在当时通常意识不到，而拥有一定社会阅历后再回首，才更能体会到青春逝去纯美不再的唏嘘。这首悲歌，果然不是写给在校大学生，而是献给和我差不多大的"有回忆的人"。

提到音乐节的后台，其实也有不少有趣的事儿。不同乐队的乐手们在后台搭起的棚子里面对面坐着，不搭腔总显得有点尴尬，但彼此的不够熟识也局限了话题的展开，于是在后台最常听到的都是相互吹捧，诸如"我听过你们乐队的歌，贼牛×！""你们更牛×！我是你们的粉丝""你那首新歌真好听，我在网上一听就觉得贼棒！""上次在哪哪哪看过你演出，超赞！"……千言万语最后汇成一句勉励："加油，好好演！"可怕的是，有时同屋坐着的是一支国外乐队，聊天内容就更显贫乏，甭管是哪个国家来的，那蹩脚的英文对白都让人不忍卒听又忍俊不禁，因为say（说）过hello（你好）之后，话题永远都落在那个人类最原始也最深奥的哲学问题上：

"Where are you from?"（你从哪里来？）

"Where will you go?"（你往哪里去？）

玩转音乐节之吃喝玩乐指南

5月是每年最火爆的音乐节井喷期之一，国内一股脑儿的音乐节扎堆争奇斗艳，各种艺人阵容眼花缭乱，顿觉我大中华原创音乐势力强劲，华语乐坛未来不可限量。这不，5月西安也没闲着，草莓音乐节空降大明宫遗址公园，连续两天的周末大狂欢即将开幕，本城的乐迷们早已跃跃欲试，恨不得立即买张门票背上行囊杀奔而去！

且慢！去音乐节可不只是听听歌那么简单，吃喝玩乐皆有学问也。笔者以艺人和观众的双重身份，多年混迹全国各大音乐节，略存一点经验不敢独享，与大家分享。

首先说"吃"。以在下经验，无论哪个音乐节上的各种所谓美食，都秉承着"不吃你后悔，吃了更后悔，价高物不美，宰人像土匪"的特色。但因供需实力悬殊，到了晚饭时间，每个摊子前面都排着长队，时髦青年们揣着票子咽着口水个个神似饿死鬼，最终忍痛花二十元买下五个冰冷夹生的肉包子负气离去。我的建议是，中午开场前先在外面饱餐一顿，最好是来碗泡馍或油泼面把胃垫瓷实了！保险起见，背包里揣几个干饼，装点咸菜煮鸡蛋，就小学生野餐时带的那些玩意儿——晚上肚子再饿也不怕不怕啦，找个没人的角落拿出来，啃干饼就咸菜，时不时再咬口蛋黄，便宜实惠自给自足，十分钟原地满血复活！

再来说"喝"。现在的音乐节安检整得跟机场似的，不让观众带水。虽说安全，可场地里的水卖到天价且一杯难求啊！这么热的天，几万人聚集在公园里就守着那几个官方的卖水小摊，队列长度简直超乎想象。我的建议是，带一个登山大水壶，一进场直奔卖水处整个灌满，能喝很久，省得每次买一杯喝完了又得排队。要是想省钱，找个伙计从场地外面扔几瓶啤酒、冰峰、矿泉水进来，快速塞进背包，渴时找个没人的角落掏出来畅饮。如果没伙计还有个好办法，提前两天到场地里，带把铁锹，找个偏僻处挖个坑埋几瓶水，演出当天再挖出来……

"玩"则有很多方式，比如照相：音乐节上，有人专门负责给人拍照，有人专门负责被人拍照，有人专门负责自拍，最终这些照片统一流向朋友圈、微博、人人、QQ空间等各大社交网——目的：秀存在；目标：被点赞。比如求偶：QQ、微信、陌陌、旺旺全部打开，状态一律是求偶遇、求邂逅、求带走、求合体，疯狂摇一摇，快乐散一散。现场通常还有专门的"搭讪平台"供小青年们用最传统的贴留言条的方式来寻找一个对上眼的伴侣。说不准谁就是谁的流川枫，谁就是谁的苍，咳咳，对吧。比如健身：跟着台上的音乐节奏，和台下的小伙伴们手搭着肩，前赴后继推起小火车，或是手拉手转圈跳舞飞扬尘土；激进一些的摇滚青年还可以玩POGO，用身体相互撞击，释放热情。比起广场舞，这些锻炼方式更适合年轻人，大家其乐融融欢声笑语，一定会玩得不亦乐乎。

至于"乐(yue)"——咳，谁顾及听台上那些家伙唱的破歌啊！吃好喝好玩好，不就够了嘛。

厌倦小清新

　　不知道从什么时候开始，"小清新"这玩意儿席卷了国内一切文艺领域，俨然已成为一种新鲜风格的代表。无论是音乐、摄影、电影，甚至文学，文艺圈各界都吹来一股小清新风。

　　单以音乐而论，对岸的台湾岛该是这股风的最初来源，那些过去以"独立音乐"标榜的歌手，现在换了"小清新"的新标签之后，蜕变效果明显。早些年时陈绮贞还是小众歌手，苏打绿这种"中性"化的唱腔也只是另类的一枚，更不用说如今大放异彩的张悬了。而如今内陆小清新的代表女歌手曹方，好几年前的第一张专辑《黑色香水》当时在音像店都不太能见到。随着豆瓣网为首的文艺青年聚集地的熏陶，大批小清新的粉丝涌现，这些昔日走小众路线艺人的行情突然水涨船高，纷纷步入一线二线，演出机会日益增多，在各大音乐节上也成了票房的保证。

于是更多的新艺人，开始向小清新这路子上靠，有些是刻意为之，有些或许是被动归类。我的朋友，从西安进京发展的范世琪，我一直描述她的风格偏爵士，还带那么一点点颓废，而她的唱片《梦境》发行后，在网上已经被定位为小清新的一员，不知道她自己是否认同？而从豆瓣出道的邵夷贝，出道伊始就打着小清新旗号，那首《大龄文艺女青年之歌》也有不少追捧者。

不过，我从来不是小清新的拥趸，甚至还颇有点反感。相比这些淡淡忧伤故作纯净的声音，我那恶趣味的口味要重得多了。我喜欢的音乐很杂，英式摇滚、Trip-Hop、布鲁斯都是我常听的风格，其他杂七杂八的声音我也喜欢摸索着来听。在小清新这拨艺人里，陈绮贞和曹方算是听得较多的。陈绮贞早年的《还是会寂寞》以及《小步舞曲》我挺喜欢，旋律美而且有自己的特色，编曲也很时髦；曹方那张《黑色香水》也称得上经典，每一首都值得回味。但这两位后来的音乐我也是很少听了。张悬、苏打绿从来都不是我的菜，很少主动找来听。

我喜欢更激烈的表达，不管是哪种艺术。我喜欢被强烈戳中的快感，或是酣畅淋漓的呐喊；喜欢痛痛快快的倾诉，或是痛彻心扉的苦楚。而"小清新"大多只能做到点到即止，好比挠痒痒一样，根本无法满足自己。谈及这拨艺人大量的相互模仿，造就一大批同质化严重的作品，更让我满心排斥。

可笑的是，去年我写的那首《流川枫与苍井空》也被

我在长安玩摇滚

有些媒体称为小清新之作，真是有点无奈。且不论歌名的标题党、歌词内容中各种细节手法和紧贴现实的悲催感，单是王大治那"左小祖咒"式的唱腔和我直抒胸臆的煽情哭腔，哪里见得一点"清新"？！不是说歌里面有木吉他和口琴，就可以被乱贴标签的，不识货啊不识货。

在这个被小清新之流包围的时代里，我更愿听萨顶顶《万物生》这样高技术含量的作品，或者干脆去听更有内涵的农业金属神曲——巴主席的《万物死》。

文艺要服老

这世上的行业，常有些是推崇经验至上的，所谓"老而弥坚"。

比如看医生，我们总笃信白发长髯的老大夫。

比如修汽车，我们总愿意听听老技师的建议。

甚至比如去餐馆，我们也常常愿意去老字号，信奉老厨师的手艺。

但在文艺行当里，我从来不怀疑一件事——经验无益。

精品出于青春时，年少方为生产力！

且不论舞蹈、戏剧表演这些一向以"吃青春饭"为标识的艺术门类，诗歌、小说等文学创作中的经典作品，也基本都是出于作家的青年时代。虽也偶尔有"老年成名"的作家个例，但我相信其作品灵感和雏形也应来自青年时期的积累。

音乐创作，也如斯。

最近听到很多国内年轻说唱歌手的作品，或歌词犀利如诗，或flow华丽爆炸，或音色个性迷人，真让自己艳羡钦佩。这些作品，是只有满腹疑团和敏感体会的人才能写得出来的，如果掌握了所谓的"创作规则"或是"看透了这世界"，老辣或有之，却是很难写出那种肺腑之词的。

虽有很多业内前辈，依然不屈不挠地创作，精神可嘉，态度可敬，但听其作品，总不免有强弩之末的无力感。

也罢，在创作这条路上，不服老不行！有时候拿出自己过往多年的旧时创作，常会被当年那个才华横溢的自己震撼。

鄙夷一切条条框框，信马由缰，与外面的整个世界和个人的内心深处对话，信手拈来的妙处真让现在的自己拍案叫绝。

想起读大学时，我写了一首歌在琴行弹唱，旁有一"前辈"听了几个小节，不屑道："你这歌写得不对，和声用得有问题，不符合调式。"我嘴一撇，"呵呵"二字几欲破口而出。燕雀安知鸿鹄之志，老头哪懂少年审美？那之后多年，不管自己习得了多少技术和经验，我都警告自己切莫随意质疑他人的作品——"资格"是别人给的，"谦虚"乃自己修的。

对于被年轮一圈一圈划过生命中的我来说，只能时刻提醒自己不忘初心，别丢了对这世界的兴趣。

观测、思考，保持惊讶——像曾经的那个孩子一样。莫若做个未熟的老顽童，哪惧他人眼里总长不大的模样。

英雄不问住处

　　音乐圈的人爱面子是公认的事实，有趣的是，那些混出头的"腕儿"反而显得更"平易近人"，倒是刚出道的牛犊子们通常喜欢攀比。比如一些知名乐手，演出可能随便拿把国产电吉他就能上台，照样挥洒自如。但新人往往就要死撑面子不用把昂贵的美国琴不肯亮相，手上把式如何且不论，"面子"先要给攒足。

　　这份"好面之心"我也曾深深拥有。在那没房没车的青葱岁月里，我的音乐之路一度走得很迷茫。为了寻觅一份清静，我租住在高新区西南角一个偏僻的城中村里。在无数个寂静的夜晚，我抱着吉他对着月光，默默地夸赞自己："兄弟，你看咱住的这地方多棒啊，多安宁，太适合创作了！"然后另一个人格跳出来戳着鼻子叫骂："适合个大头鬼啊！还不是图房租便宜！这破地儿何止是安宁，简直是鸟不生蛋！咱能赶紧多赚点钱住个单元房不？！"

　　　　　　　　　　　　　　　　　　　　　　　　我在长安玩摇滚

自己虽然心知肚明，但在外面还是要撑撑门面的。有一天逛乐器行，邂逅了当时不算很熟而几年后成为我乐队吉他手的张宁，两人坐那儿开始寒暄。话题天马行空，从西安摇滚乐发展近况一路聊到本城摇滚乐手生存之苦，突然，张宁问道："哥们儿，我觉得你日子好像过得还不错，你现在在哪住呢？"一瞬间，我的血压和脉搏沸腾起来。稍显支吾，略带含糊，我磕磕巴巴冒出仨字儿："西……高新……"

"哎呀，果然是有钱人！西高新的房可贵着呢！"张宁这一声赞叹让我汗如雨下，赶紧点上一支烟，给自己找补："租的，租的，我可买不起那儿的房。"他的称赞接踵而至："那也厉害啊，高新的房租忒贵，我可是了解的！"生怕他再问细节，我赶紧反问："那你呢兄弟，你住哪儿啊？"

"我……也住……西……高新……"张宁竟也窸窸窣窣地掏出一支烟点上了。我们相视一笑，在弥漫的烟雾中，两个"高新老乡"彼此夸耀着，气氛和谐而美好。

半年后的一个黄昏，我在村里吃完一碗油泼扯面，身心满足地散步四处溜达，边走边盘算着下个月怎么和房东斗智斗勇让他别涨房租。这城中村说大不大，但逛完一圈儿也得个把钟头，正适合饭后消食。路过村东口的凉皮摊子，我眼神随意一瞥，只是在人群之中多看了那么一眼，一个熟悉的扎着马尾的英俊小伙就映入了我的眼帘——张宁，我的"高新老乡"，那位和我一样"有钱"的吉他手，赫然坐在凉皮摊上，左手一瓶冰峰，右手一碗擀面皮，正在享受他丰盛的"夜宴"！

　　"人艰不拆"。轻轻地、悄悄地，我义无反顾完成了掉头、加速、冲刺的一系列动作，消失在村口那越来越浓的黑夜里。

圆梦迷笛音乐节

2012年5月1日，北京迷笛音乐节，唐舞台。这个下午，黑撒唱了六首歌：《西安事变》《起的比鸡还早》《命犯相思》《流川枫与苍井空》《她为你流过眼泪》《滚来滚去》。

我生平第一次参加迷笛音乐节，就以演出乐队的身份登上舞台——这是若干年前的自己从未想过的。迷笛之于每一个中国的摇滚乐手，应该都是有特殊意义的吧。说"理想"有些空泛，至少会有种不同的"情结"。

我是个有多种"情结"的人。比如很多年前喜欢听"枪花"的歌，迷恋Slash（索尔·哈德森）的solo演奏，也顺便爱上了他手里的吉普森吉他。后来我写了一首歌《给娃买把吉普森》，表达了自己对吉普森吉他的钟爱。一晃数年，我已不那么爱弹吉他，枪花也不怎么听了，吉普森吉他更是几乎没沾过手。

初中时开始喜欢写诗，曾认定自己迟早要做个诗人，而出一本诗集自然成了难解的情结。后来诗写得越来越少，渐渐连读诗都失去兴趣，出诗集的念头早抛到九霄云外了。

少年时迷恋玩电子游戏，只有一部红白机的我，一心想拥有一台性能顶级的游戏机。曾经发誓将来有钱了，一定把那些以前买不起的游戏机都买回来玩个痛快。可从土星、PS、WII到XBOX360，游戏机发展得无比迅猛，游戏种类日渐繁多，我却早懒得去逐一体验。QQ游戏就能打发我大多无聊的时光。

也许，迷笛情结，对于我，也随着时光流逝，变得淡薄了。

1993年，迷笛现代音乐学校在北京成立的消息，瞬间传遍全国每个热爱摇滚的年轻人之间。授课的老师全是当时最有名的乐队成员，对于那时正热血叛逆的我，个个无异于神一样的人物。记得那年我读初三，有一个夜晚，马俨和杜凯把我约出来，商量去迷笛学习的事。记得马俨对我说，他要退学去北京，并煽动我们一起退学——"这种机会不能错过！想玩摇滚就别他妈上学了！"杜凯劝他三思，而我在一边内心充满矛盾，紧紧攥着拳头。三个少年在黑夜里，心事重重，却都心潮澎湃，止不住地沸腾着。那晚的商议最终没有任何结论，并以他俩打了一架而告终。

最后谁也没有退学，生活依然平淡地继续着，我也顺利考上了高中，考上了大学。而迷笛学校就好像一个梦，留在了我心里。我常常会想，如果那时候一冲动去了北京，现在的我会是什么样？成为尽人皆知的圈内大牌？混迹于北京的三流乐队？还是早已灰头土脸地滚回西安？时光不会倒流，人生无法重来，我终究只是个安于现状的家伙。

2000年，迷笛学校开始办音乐节，最初的形式就像是学生们的汇报演出。我没有亲身经历过，但从影像资料里看，最早的迷笛音乐节非常纯粹，也非常美好，粗糙简陋但透着一股子摇滚劲儿。2005年，我作为绿洲音乐网的站长，在网上采访了迷笛的张帆校长，也顺便推荐了两支西安的乐队"206和思想者""伍个火枪手"给他，希望能有机会让他们站上迷笛的舞台，可惜最后没有成功。

2011年，我写了首歌《滚来滚去》，里面有句歌词"他希望有个伯乐能为他出张专辑，总是望穿秋水盼着能上回迷笛"——这该就是自己多年前的理想写照吧。

2012年，黑撒登上了迷笛。我很高兴，又有种说不清的失落。演出挺成功，观众也很热情，但和我想象的迷笛之旅有些偏差，而不同在哪，我却又把握不准。或许这就是生活的本质，它保留你从过去以来原封不动的记忆和理念，然后用现实的扭曲来提醒你一切的改变。

但无论怎样，这是个圆梦的节日。

能在迷笛的舞台上摇来摇去、滚来滚去，这对我的人生而言，是一次多么有趣的体验。

音乐世界的"即兴之旅"

　　很多人都说，艺术创作特别依赖神来之笔——其实说白了就是灵感迸发，或曰灵光一现。这种灵感来得最奇妙的时候，往往是在你没有任何准备时却突然冒出的点子——这个东西就叫作即兴。

　　从去年开始，"freestyle"这个词在国内火了起来，伴随着某明星在节目里的一句梗，诞生了无数的段子和表情包。所谓freestyle就是Hip-Hop音乐里的即兴说唱，歌手跟着伴奏，或者干脆连伴奏都没有，脑子里想到什么就说什么——当然，也不是胡说八道信口开河，还得考虑押韵、节奏以及逻辑清晰等。这当然需要一定的训练，很多新入门的rapper刚开始完全找不到感觉，可是一旦迈过入门门槛之后，说唱歌手经常会在即兴rap中说出一些不过大脑但是非常神奇的"金句"——这种感觉写出来的歌词，与坐在电脑前或者拿着纸和笔，绞尽脑汁一个字一个字推敲着写出来的东西，完全不一样。且不说更加符合口语化的流畅度，有时候即兴唱出的那些歌词内容完全超乎自己的意料，大大脱离了自己固有的思维模式，因为在freestyle那一瞬间，大脑的思维跟不上你的嘴巴，所以这时嘴里说出来的词句直接映射出潜在的心理意识，往往会吓自己一大跳。

Hip-Hop当中，"即兴"这种玩法被格外推崇，因为这种文化来自街头，而街头本就是个充满创意的地方。除了说唱以外，街舞也非常推崇即兴，经常会看到街舞比赛当中有"freestyle battle"（即兴街舞较量）环节——两个舞者听着音乐，现场即兴的舞蹈表演，然后由观众的呼声来决定谁的表现更好。这种即兴舞蹈，往往没有经过提前的编排，很多时候完全是来自肢体的本能反应，最能体现一个舞者的素质和创造力。

玩乐器也是一样，不管是吉他、贝斯、钢琴合成器，还是架子鼓、手鼓、中国大鼓，甚至管弦乐和传统民乐器，最高的境界其实都不是识谱演奏，而是即兴演奏。每个学习乐器的人，从一开始学会识谱、练习基本功，然后到能够照着谱子把乐曲弹下来，算是学有所成。但是真正感受到玩音乐的快乐，还是要进入到"即兴演奏"的这个阶段——大脑和手指不被乐器或曲谱所束缚，而是自己主动去驾驭乐器，释放出美妙的音符——这种心手合一创造出的快感，真的是太过瘾太满足了。20世纪60年代，伟大的吉他手吉米·亨德里克斯，在音乐节舞台上就用他肆无忌惮的吉他即兴演奏，震撼了全世界，他把吉他举在头顶弹奏，他用牙齿去弹琴，他让他的琴发出各种各样本不该吉他发出的声响——这样的状态，这样的音乐，造就了一个不朽的传奇。

而由多个乐手组成乐队，大家不按谱子即兴合奏，那种感觉非常欢乐，充满各种天马行空的火花——这种即兴的演奏称为"jam"。特别是在布鲁斯（blues，蓝调音乐）和爵士音乐（jazz）当中，这种现场的即兴表演特别多，也成为这些音乐表演最大的魅力所在。不同的场合，不同的观众，不同的心情，即兴演奏出来的东西也都会不一样——这种不可知性，才是艺术创作最大的趣味所在吧。

有一年冬天我去云南丽江旅行，晚上去一个朋友开的酒吧玩。一群来自全国各地互不相识的年轻人，围着一堆篝火，坐在一起喝酒，其中有不少都会玩乐器。丽江是一个没有距离感的古镇，当酒喝到位的时候，大家不由自主地开启了即兴音乐之门：一个人首先弹起吉他，其他的人立即各司其职，迎合着加入——有人打手鼓，有人吹口琴，有人拉手风琴，愉快的音乐响起来了，然后一个素未谋面长相格外清纯的小姑娘，抓过一支麦克风，开始唱起一曲高亢的民歌。那一瞬间，整个酒吧里的气氛被点燃了。一群陌生人在一起玩着一首从来没人听过的即兴歌曲，陌生而又新鲜的音符洒落在酒吧的每一个角落，那个夜晚已时隔数年，却至今都历历在目。

　　　　　　　　　　　　　　我在长安玩摇滚

说白了，"即兴"就是一种"不按套路出牌"的玩法，现在这个社会里有太多的规则，像条条框框一样束缚着我们的大脑和手脚。更多的艺术家渴望自由的表达、自由的倾诉，抒发内心深处最真实的东西，而即兴无疑就是一种最佳的释放方式。音乐世界里的即兴之旅，是一场最刺激的冒险！

把民族的变成世界的

　　前一段时间给自己放了个大假，跑到西班牙玩了二十天。从马德里起程，一路沿着巴塞罗那、瓦伦西亚、科尔多瓦、塞维利亚把这个艺术国度畅快淋漓地转了一大圈。除了看不尽赏不完的美景、美食、美人以外，还听到了很多美到震撼的音乐。众所周知，西班牙是吉他的主要发源地，所以这边的街头艺人玩起吉他来都是出手不凡，随随便便一个貌不惊人的胡子大叔，拨弄起六弦琴都一副大师风采，让弹吉他近二十载的自己羞惭不已又深深折服。印象最深是在塞维利亚的一个小剧场里，欣赏到了最正宗的弗拉门戈表演：一把破旧的古典吉他、一副不加修饰的嗓子，表演出来的却是无比惊艳的民族音乐，令在场来自世界各地的观众发自内心喝彩，掌声久久不息。

　　弗拉门戈是西班牙的民族艺术，有几百年的历史，至今仍然经久不衰而且在全世界都享有盛誉。不过这种风格的持续大热，也和它一直在随时代变化而自我发展有关。国际上现在最流行的弗拉门戈艺人，不论是唱歌、器乐演奏、舞蹈，都最早在形式上有了一定的改良，更加迎合了时代的审美。而相应地，这种传统的艺术也得以不断延续而发扬光大。

　　以之反思咱们陕西的艺术文化，传统的玩意儿要坚持流传下去，推陈出新也是必不可少的吧。毕竟在这个信息发达、爆点十足的时代，只靠一成不变想抓住人的眼球不是件易事，特别对于审美观前卫的年轻人群。具体怎么做，或许煞有难度，好在这座古城里已经有不少良性的尝试。前几年，曲江文旅推出的大型秦腔剧《梦回长安》，就是个颇时髦的产品，把交响乐、现代舞美、歌舞等和传统的秦腔戏曲结合在一起，在易俗大剧院名噪一时。除了那些古旧戏迷，也吸引来不少好奇心强的时尚青年，对于日益衰落的秦腔市场，不啻是一剂良药。西安的相声团体青曲社，以80后年轻演员苗阜王声为核心，把不少传统段子结合当今时事改编，让老相声包袱通过网络语言再次绽放光芒，笑点顿时洋气了许多，也使得姑娘小伙们走进"园子"听相声成了件"逼格"很高的古城"潮事"。近期青曲社也带着"陕派相声"远赴维也纳，把陕西方言的笑料抖在了欧洲，也算得上弘扬陕西文化的大幸事。

　　在音乐范畴，怎么把陕西传统曲艺和现代音乐结合，一直是我努力尝试的方向。黑撒以往的作品里，我们曾经把秦腔小唱段加进歌词，如"你大舅你二舅都是你舅，高桌子低板凳都是木头""八百里秦川尘土飞扬，三千万老汉齐吼秦腔"等（《黑米狂想曲》），也曾在歌曲里加入二胡等民族乐器（《醉长安》《给娃买把吉普森》），甚至直接把传统秦腔作为采样融合到歌曲里（《西万路上的雨》），不过总觉得还是不够味。希望在下一张专辑里，能有更大胆的混搭，把秦腔的精华和摇滚乐糅杂出一盘好菜，并把这盘菜端上更大的舞台，让秦人、国人，甚至老外们都来品一品——毕竟，民族的才是世界的！

吵架里的嘻哈文化

　　美国的街头文化这十年来席卷全球，特别在年轻人中追随者众。西安高校林立，自然火爆无比，论及运动，滑板、死飞、小轮车从校园到街边随处可见；论及舞蹈，各种形式的街舞社身影活跃在众多舞台上；论及美术，涂鸦风正流行在本城从酒吧到咖啡馆甚至不少餐厅里；而论及嘻哈文化中影响力最大的音乐，也就是说唱音乐，在古城这些年也正越来越风靡。说唱音乐的特点就是真实直白，歌词犀利，编曲自由，能最大程度上突显歌手的个性，所以格外受年轻人青睐。

　　而说唱文化里，有一类特殊的玩法最带有街头气息，称作battle，中文或译为"交锋""对战"，其实说白了就是斗嘴皮子，更通俗的理解就是对骂。不过这种对骂，不是普通人的街边骂架，而是由DJ播放音乐伴奏，两位说唱歌手跟着节拍在限定时间内，用即兴说唱的形式来轮流攻击对方，而双方的胜负也通常由围观群众决定，谁的呼声大谁就是赢家。对于专业的battle观众，评判输赢要考量歌手的歌词攻击性、趣味性及节奏感和押韵等多个方面，而不仅仅是看谁的粗口多——实际上，很多正规的battle比赛是禁止粗口的。没错，这不仅仅是业余的娱乐，battle已经形成了职业的比赛。强者站在舞台上和挑战者逐一较量，失败的一方被PK下台，胜出者则迎接观众的呐喊和掌声。这颇有些打擂台的意味，只不过不是用拳脚，而全靠一张嘴皮子。

人都爱看热闹，街边俩大妈吵架都难免围上一大圈人，更何况battle比赛是有技巧、有难度甚至有文化的吵架，绝对符合国人"看客"心理，所以一传到中国很快就风靡大江南北的说唱圈。国内最著名的battle比赛是由一位美国黑人创办的Iron Mic，已经办了十三届，西安的MC派克特曾经连续两年拿到冠军，也算在battle界扬名立万。而连续两年获得Iron Mic西安赛区冠军的MC贝贝，虽然在全国比赛成绩一般，但也因其比赛时歌词押韵丰富，攻击性极强而被全国熟知。西安本地也有本土自创的"地下八英里"battle比赛，不定期在光圈酒吧举办，每次不仅吸引大批本城说唱歌手参加，连甘肃、宁夏甚至新疆的MC都会慕名赶来，大家的目的应该不只是冠军那区区千把块奖金，更主要是享受那种台上对垒台下欢呼，用实力将对手"掰"下台去的快感。

也许在不久的以后，这种玩法会被电视选秀节目发现，从地下搬到地上，进入老百姓的视线！虽然可能会禁掉脏话，少了一些原始冲击，但这种融合了"舌战群儒""辩论比赛"和说唱音乐的竞赛游戏，绝对会吸引大量眼球。届时那些在主流文艺圈默默无闻的说唱歌手，很可能被打上"坏小子"的标签，而成为最酷最受追捧的明星。会不会有那么一天呢？

传统文艺的商业悲剧

近日看到几则新闻，心里感伤不断。

先是看到西安多家独立书店不堪经营颓势，相继关门大吉。依然竭力维持的几家私营书店，也都处于赔本赚吆喝的境地，难以望到商业经营的美好前途。后来听说连北京著名的"风入松"书店也因赚钱乏力告终了。不由得想起2000年第一次去北京，每天下午蹬一个小时单车去海淀区的风入松看村上春树的《世界尽头与冷酷仙境》，连续几天终于读完该书，在离开北京时还在那儿买了石康的《支离破碎》和伊沙的《俗人不能理解的幸福》，前者早已丢失，后者仍在书架上，每隔几年翻阅还偶有阅读乐趣。

曾几何时，逛书店的习惯于我也渐渐消失。网络书店的价格优势以及搜索的方便性，让传统书店显得落伍陈旧、老气横秋。这几年我买了不少书，但基本都是在当

　　　　　　　　　　　　　我在长安玩摇滚

当、亚马逊上购得，动辄半价的折扣让每次网络购书都有占了便宜的快感。但我总以为那些街旁的书店，不说门庭若市也该依然会长存于世，所以得知倒闭的多方信息，竟生出些许的内疚感。又是一个现代化进程的牺牲品。互联网时代造就了很多时髦的奇迹，也甩掉了很多经典的标签。

不过，即使书店经营困顿，盗版书依然猖獗，写书的人依然有不错的生存空间。畅销书作者拿的版税依旧水涨船高，靠写小说发家致富的作家也不在少数。我想，即使电子书再廉价，资源再丰富，对于真爱书的人，那种捧着书本墨香四溢的感觉是电脑、手机、iPad等无法取代的。所以网络书店只是挤占并逐渐堵死传统书店的路，但对于作家来说，也不失是个新的盈利伙伴。相对而言，音乐行业或许就要惨淡得多。

和传统的CD唱片相比，以MP3为首的数字音频格式，才是时代的宠儿。而MP3的复制和传播，基于其零成本的代价，就让音乐瞬间变得廉价无比。唾手可得的东西，从经济学角度来说，即使是必需品，其价值也是很低的。就好比空气和水，从使用价值上远高于钻石，但因为获取的容易性，就变得分文不值。原创音乐的录音作品，从这个角度理解，即使分文不值也不足为奇。这难道不是一种极大的可悲吗？对版权小心翼翼地呵护，别人只用鼠标点点就完全被击溃。这个时代再难出经典的歌曲，又有什么可抱怨呢？

在网络时代，一切新媒体都是杀死传统音乐产业的帮凶，而那些硬件厂家也早已放弃制造高端又高价的CD唱机。快捷时尚、小巧方便的MP3播放器——诸如MP3、MP4、MP5等各种五花八门的随身听、iTouch、智能手机、平板电脑等——成了商家盈利的主力产品。对于音乐爱好者来说，掏钱买一张唱片没有媒介播放，终究还得要费力去自己转换为MP3格式，倒不如直接下载数字格式来得自在。

所以，得知20世纪的英国唱片巨头EMI（百代唱片）破产倒闭被拆分卖掉的新闻，虽有一丝伤感，但也竟有种意料之中的踏实。遥想当年的磁带时期，买一盘百代出品的正版磁带，可是要花十几块的高价。至今我还收藏着Pink Floyd的《月之暗面》《迷墙》，蝎子乐队的精选专辑，Richard Marx（理查德·马克斯）的《忙碌大街》等多张百代磁带，并视为珍宝。即使拥有全世界最多的歌曲版权，也无法抗衡这个版权"无价"的年代。太合麦田的CEO宋柯，现在去开了烤鸭店，该也是对唱片行业的失望之举吧。想当年，自己刚和马蜂、"箱子"一起成立时音唱片这个独立厂牌的时候，意气风发意欲大展宏图，信誓旦旦要做西安乃至西北最牛×的唱片公司。但还不到十年，这念头早已让我丢弃到角落去了。当那些早年呕心沥血埋头造就的策划案、计划书、工作规程，数年都无法带来值得尊重的前景，或许做一个简单而纯粹的音乐人，才是能继续存在于这个行业的准确定位吧。

相比数码摄影风潮下柯达公司的破产，书店和唱片公司的没落，更显得可悲。数字时代一年一年淘汰掉那些旧的事物，改写艺术创造和欣赏的习惯，对文艺行业不断地洗牌和重组，泛滥地制造着大量的垃圾产品，并让新一代青年乐此不疲。那些成为炮灰的人、物件、品牌，也许会在多年后被追忆和缅怀，更大的可能是被悄然而永久地遗忘。终究，谁都无法阻挡历史的滚滚车轮，身处IT这个最大猛兽行业的我，也只能站在过往与尖端之间，收起我的螳臂，仅做无奈的一声叹息了——唉！

无可替代的超级巨星
——致声音玩具乐队

这两天声音玩具乐队出了首新歌《超级巨星》，歌词里隐隐约约透出一种悲哀的意味。

这支国内我最喜欢的乐队，在今年《乐队的夏天2》节目里，遗憾地止步于第一轮，让我扼腕叹息。

但也许，这也未必是件坏事。欧珈源和这支乐队，不是一直都习惯那么低调地存在着吗？

2002年，我第一次知道这支乐队——我当时的女友在丽江雪山音乐节上看到了声音玩具的表演，回来后强烈推荐于我。但那时在网上还找不到他们的作品，直到那年的11月，小酒馆的老板唐蕾，带着声音玩具和阿修罗两支成都乐队来西安演出，我才第一次接触到他们的音乐。

那天在"八又二分之一防空洞"Live House的演出非常棒，阿修罗玩的新金属是那几年最流行的风格，他们成功地把场地"燥"翻了。压轴出场的声音玩具，则用庞大的编曲架构和概念性叙事，让我听得如痴如醉，赞服不已。那段时间我因做音乐网站，接触过大量国内优秀乐队的现场，而声音玩具的表演是最让我感到惊艳的。我在当晚回去后写的演出乐评里，关于声玩的部分，提到了The Doors（大门乐队）和Pink Floyd，且着重写了对欧波（欧珈源原名）吉他演奏的感受。那晚我站在第一排，隔着一米的距离看着他的演奏，他对吉他弹奏的理解和很多吉他手不同，特别是在那个金属横行的年代里，充满意识流和即兴感。之后很多年，随着编曲趋势的变化，声音玩具的歌里少了大段的吉他演奏，但我坚定地认为欧波是名被低估的吉他手。

这场演出之前，我对欧波做了一个简单的采访，聊了聊摇滚乐、电子乐，以及对音乐设备的看法。聊天中能感觉出他对于艺术的态度是很包容的，不偏执也乐于尝试新鲜事物这点和我很像。

我把当年的采访内容和演出观后感，截图附在文后吧，那可是十八年前的资料了，所以，对于写乐评和音乐人采访，我可是真OG（在流行文化中指元老）了，哈哈哈。

2003年，声音玩具发行了一张专辑《最美妙的旅行》。我买了实体唱片，并把里面的歌在电脑上转成MP3，每天反复地听。也是从听这张专辑开始，他们成了我最爱的国内乐队。那些歌，直到十七年后的今天，我依然常常温故——《星期天大街》《爱玲》《秘密的爱》

《不朽》，这些作品都在我心底最柔软的地方。其实《最美妙的旅行》不能算一张完美的专辑，在录音质量上过于参差不齐——前几首歌是酉酉在棚里录混的，效果不错，后半张则只能用"demo"来定义。而且遗憾的是，没有收录他们早期的传奇组曲《英雄》《晚安国王》——也就是之前我在现场听到的那些充满艺术摇滚气息的作品。

《爱玲》曾让我数度流泪，在我心里这是首堪称伟大的作品，从它的第一句歌词唱出来就注定成为传奇。而《秘密的爱》是当年敏感的我每每陷入情感纠葛时，都要拿出来抚慰自己的歌。今年2月，我终于鼓起勇气抱起吉他，翻唱了《秘密的爱》，深觉快感。

这张唱片之后，声音玩具愈加低调，并不断传出解散的传闻。我再一次见到欧波，已经是2008年的冬天——那是建队刚一年的黑撒乐队首次去成都开专场，演出地点在小酒馆，欧波是我们的现场调音师。他调音很负责，也格外认真。那天因为忙碌，我没能和他畅聊许久，但从欧波嘴里确定了声音玩具这支乐队还在，只是演出较少。

再一次看到他们的演出，已经是2011年国庆节在镇江举办的长江草莓音乐节。那次黑撒和声音玩具在同一舞台先后登场，我们演完后坐在草坪上边喝啤酒边听声音玩具的表演。那时候，欧波已经改了名字，乐队也换了几位乐手，唱的基本都是新歌。那个下午，听着舞台上的声音玩具的歌，觉得人生美好无比。

随后这支低调的乐队，又一次消失在我的视野里。

2015年4月，几乎毫无征兆，声音玩具突然发行了一张专辑《爱是昂贵的》。收录的九首歌里有新歌也有旧作，也成为我那一年听得最多的一张唱片。我那年写了一篇文《2015上半年十张华语高逼格唱片》，也重点推荐了声音玩具的这张专辑。原文如下：

"成都的声音玩具隔了这么久，终于带来了这么一张正式专辑，歌曲虽然都不是新歌，但经过细腻的编曲和录音，绝对诚意满满。也许再也没有《爱玲》《秘密的爱》这么通俗迷人的作品，但我想，真正喜欢他们的人不会失望的。那些后摇与迷幻糅杂的吉他，欧波发颤的唱腔，乍听平凡细听是出彩的旋律，还有那些诗歌般忧伤的歌词，这还是那个最美的声音玩具。《和那些人一样》《生命》《最美妙的旅行》都无数次让我深深沉醉。"

又过了五年，在乐夏的舞台上，我又一次见到了声音玩具。

溢美之词，说多了显得肉麻，我想说，这只是个综艺节目，他们值得更多的赞美与欣赏。

谨以此文，回忆一些岁月，致敬一支乐队。

时光已逝，而音乐不朽。

代后记：
写下自己的梦想，
在死之前实现了吧

　　随着寒冬渐至，2012年已趋岁末。传说中的末日半点影子都没有，而单调的生活还那么继续着。有时候想想，假如明天就是世界尽头，自己活得可还有遗憾？

　　答案自然是肯定的，毕竟还有梦想未实现，哪肯就这么合眼！

　　许是射手座之故，我从小到大梦想换了一茬又一茬，爱好也均难以长久持有。在我心目中，任何一件事物玩到一定时刻都会失去其诱惑之处，让我渐渐生厌——那时的我，就又会瞪大眼睛四处寻觅下一个趣味点，想再尝试些不同的玩意儿。

　　即使对音乐也如此，虽然这已是我坚持最久的一项，但我始终难以执着于某种风格。我必须同时玩着几种不同种类的音乐，才能够满足自己的内心。如果音乐是种精神食粮，那我绝对是个超级"杂食"的家伙！

初中时开始写诗，我希望将来做个诗人。没错，这理想现在看来极其老土，但对于当年那个文学少年，可是神圣至极的目标。北岛、顾城、杨炼这帮朦胧诗人是我的偶像，就连席慕蓉甚至汪国真也让我艳羡不已。这个梦到大学终止，因为我发现自己读不懂这个时代的"诗"，也写不出所谓的"诗"了。

还好摇滚乐一直填满着我的灵魂。出张专辑，留下几场够劲儿的演出——这就是学生时代自己的梦想。现在，这些都已经超额完成了，余下的音乐之路，无论怎样我都不再抱憾。

那么，什么是现在最想干的？写下来，给自己点动力，在死之前都去完成吧！即使不成功，毕竟努力过。青春都散尽了，可老头儿更有力量不是吗？！

我想拍我钟意的影像，不是纪录片，不是伪文艺，而是真心让我觉得过瘾的片子。虽然很模糊，也还不太能摸到方向，但我在努力学习和实践。我就是想检验下自己在这个领域有没有一丁点才华！

我想走得更远，看看这个世界。让我这近视的双眼看到更广阔的天空，懒惰的双腿走过更漫长的路。我不想等到退休之后再四处环游，我想趁容颜还未彻底衰败之前就留下些宝贵的回忆。我想去西班牙的巴塞罗那、英国的伦敦和利物浦、荷兰的阿姆斯特丹，想去美国的迈阿密和洛杉矶，想去台北，想去尼泊尔，想去天山，想去拉萨……

我想写一本半自传的书，记录西安摇滚乐二十年来的发展中大大小小的故事。这样即使有一天我和那一拨人都老到想不清楚，还能翻起这本书，拨开那些精彩的记忆。也算是自己为西安摇滚乐这么多年呐喊及推广的一个里程碑！

我想录下很多很多首自己唱的歌，有原创也有翻唱，将来放给我的孩子听——其实主要是放给自己，一直以来我最爱的歌手从来没变过，就是自恋的曹石！

去努力一个个实现吧，从这个伪末日开始，不择手段、不计代价、不遗余力！这时代飞奔着向前，哪怕跟随的脚步已显趔趄，我都想证明给自己一句话——"我还行！"

后来我又想起来还有两个梦想：一个是能有机会找个小县城住上一个月；另一个是能在家里开家自己的私房菜馆，不图赚钱就图一乐！

我关于西安的摇滚歌词

附录

这个古城

你是否热爱这个你存亡的时代
在物欲横流中玩命的追逐成败
也许我的本质其实也和你一样
但我还是要假模假式地在这儿唱上一场

公元2009年是一个传说中的美好之年
他们告诉我你该玩命努力赚钱
扔掉那些非主流的想法
沿着时代的正确观念埋头向前

这是一个速食者的天堂
每个人都害怕精神文化的消化不良
你可以一夜成为明星 被粉丝崇拜
也可以一觉醒来就被人遗忘

可我还是鄙视所谓的草根文化
我想成为一个挥舞吉他的摇滚大侠
如果能复制一个垮掉的时代
我将扛着理想 做一朵向阳的鲜花

你对我说放弃吧 三十岁的男娃

能不能学会道貌岸然真正长大

你对我说结束吧 乌托邦的恋爱

你该活在自己的想象里 被自己活埋

这个古城已经沉淀了几个千年

我们都会死去 它还能矗立几年?

穿行在忙忙碌碌的人群之间

其实流下眼泪又有谁会看见?

你是我的雷蒙斯 我是你的披头士

我们无法相对注视 那会让我呼吸停止

谁在用一把吉他演奏《西风破》

歌唱着告诉我爱情已经变质

曾经有一段真诚的感情摆在我的面前

可我没有眼色点子不清①没有珍惜

等失去后才追悔莫及 只有在夜里无奈地追忆

如果上天还能够再给我一个机会

我会对她说三个字 我爱你

如果非要给这段感情加一个期限

你该知道 我希望是一万年

---

① 点子不清: 搞不清状况。

我在长安玩摇滚

我曾答应为你写一首真正的蓝调情歌

即使我满脑子已经没有了蓝色

我给你黑白的梦 黑白的爱 黑白的嘴唇

黑白的故事 黑白的生活

我想站在舞台上 拿着麦克风

对着一群不知所谓的乌合之众

呐喊着我的愤怒 阐述着我的痛苦

可我知道在口哨声中我依然无助

我知道你们想把我打垮

因为我的眼神和动作让你们害怕

我要告诉你娃 其实我已经不把艺术当救世主

但我的执着就是比你强大

一个人走到护城河边

污浊的水流倒映灰色的天 让我晕眩

再也找不到童年的回忆

那些笑脸 它们已经被你们这群疯子污染

我被幻想成一只氢气球

时而左右摇摆 时而停滞不前

幻想爆炸的瞬间 色彩斑斓

却又只能无力旋转 无力旋转

爱情是一道快餐 让我食不下咽

艺术是一条门槛 我无法高攀

理想是一场春梦 我离它越来越远

回忆是一颗子弹 我用它来结束我的悲观

这个古城已经沉淀了几个千年

我们都会死去 它还能矗立几年？

穿行在忙忙碌碌的人群之间

即使流下眼泪又有谁会看见？

醉长安

晨钟暮鼓 漫天黄土

遥望城墙之巅 看到你挥舞衣袖翩翩起舞

神鸦社鼓 英雄末路

谁说帝王将相难得糊涂

一眨眼 我变身说唱教父

伫立于乱世江湖

叱咤风云 纵横千古

仿佛神话传说里的菩提老祖

脚踢武当 拳打少林

修得钢筋水泥中的不坏之身

刀光剑影之中 你紧闭嘴唇

太阳死去一瞬 迎来了黄昏

满眼的唐门暗器 下一场梅花镖雨

车水马龙歌舞升平的夜 听一场嘻哈小曲

打下一片 大大的江山

听一曲《梦里长安》

华清池畔 谁解百花残

望窗外月缺月圆

纸醉金迷声色犬马 乌衣僧侣念起佛法

公主对着镜子剪去了三丈长发 砸碎了玉面琵琶

五千年前的灰尘如花 藏起大小雁塔

先人的房檐之后 轻轻飞过一只乌鸦

梦回长安闻八水

桃花散尽人憔悴

愿君不忘昔日美

今朝无酒人自醉

兵荒马乱的记忆 埋葬于破旧的骡马市口

一对情侣相拥着走远 他们手牵着手

抬头仰望南方的尽头 依稀看到了唐太宗

驾一匹无缰野马 飞跃老城根儿下不老松

黄河岸边还未冷 你指给我看关公战秦琼

乌云之后圣旨传 莫须有的罪名

裹着白银圣衣的潇洒身影 护一片盛世太平

问世间 却在哪里寻觅千生万世恒久爱情

大口吃肉 大碗喝酒

叹一声离合悲欢

世间万物 蹉跎岁月

也无奈 峰回路转

西安事变

我把房子买到了红专路
旁边不远就是纬二街
向北一站就到了小寨
我爱的女娃就在那儿上班

夏天来了我吹着空调
冬天晚上我抱着暖气睡觉
烟瘾上来我抽根好猫
开车兜风去子午大道

平淡的生活里偶尔会怀念
有理想的日子 虽然兜里没钱
光阴不等人 转眼已十年
我和这城市一起在改变

想起我爸给我做的纸扇
想起我妈点着蜂窝煤做饭
在学校厕所抽着一块五的窄版
骑着二八钢驴跟伙计去吃个凉皮套餐

那些日子已经 离你八丈远

阳台上再也看不到终南山
高楼大厦挡住了我的眼
看不到当年那张叛逆的脸

那些日子已经 离你八丈远
就好像曾经蓝蓝的天
我的家乡和我的初恋一样
那些最美的回忆 已经消失不见

我买了新电脑 打游戏很展
可还是想念 在游戏厅对练
整了个投影仪 开家庭影院
可还是难忘 录像厅的老板

给我的吉他 装了套进口琴弦
可再也不像当年 天天都苦练
电视上的女明星 越来越性感
可哪有初三时的同桌 让我迷恋

其实想起过去 也有过很多不满
有时候喝酒我也会忆苦思甜
可苦也有苦的幸福
甜也有甜的伤感

我在长安玩摇滚

那些曾在一起单纯的伙伴啊
现在埋在人海 为生活埋头苦干
你是否会在某个失眠的夜晚
想起曾经执着追求的浪漫

无数次我站在钟鼓楼下
听不到钟鼓奏响
无数次我走在雁翔路上
看不见大雁飞翔

能不能再次牵起你的手
回到那灿烂的时光
长安路一眼望不到尽头
那么漫长

西边的太阳就要落山了
鬼子的末日就要来到
弹起我心爱的木吉他
唱起那动人的歌谣

李白离开长安

李白离开长安那夜

满城的酒气迟迟不散

姑娘 心碎的声音

撒满

朱雀大街

而李白 他的脚步坚决

李白走了

长安 从此没落

千万人的笔墨

写不出

一句

像样的诗歌

我们学会了李白的什么

豪迈 不羁 抑或只是

醉酒当歌

千年后 孩子们扔掉纸张

捧着最新的手机

屏幕宽长

也许是装× 或是有些许

悲伤

嘴里吟诵着的

还是

那一首

床前明月光

西万路上的雨

我站在西万路边

看着花一样的长安

你用深沉的双眼

将我五千年的忧伤看穿

无色的天 为我披上外衣

看不清 你我之间的距离

这个夏天无声的雨

打湿了理想也打湿了你

夜幕下的西安

此时 我好想念你的笑脸
此刻 我想颠覆所有的习惯
今晚 我的世界失去了一半
在这夜幕下的西安

太阳落下终南山
人们翘首共期盼
城市的灯火 像一首情歌
照亮着那护城河的南岸

下班下课的铃声响起
你别管我是讲不讲理
拉着你 飞奔在夜色变浓之际
曾经无数次说过养你

现在的你在哪里 随日夜交替
我早已失去了消息
有时候焦急 但有心无力
又一次在黑暗中陷入了回忆

鼓楼下 你拿着一支镜儿糕

对着我 静静的甜甜的笑

那时的你我 无法再相好

就像这个古城一夜间已经苍老

街头的少年 像大人一样抽烟

漂亮的年轻人们涌进夜店

孤独的乞讨者 抬头看见

酒醉的胖子逃离又一场夜宴

烤肉摊儿上永远人满为患

相亲相爱的人们互相陪伴

灯红酒绿的夜西安 那么耀眼

此时 我好想念你的笑脸

此时 我好想念你的笑脸

此刻 我想颠覆所有的习惯

今晚 我的世界失去了一半

在这夜幕下的西安

你不在了 这城市变了

西万路上的雨 逆流上天

小寨空无一人 赛格都已闭门

天桥下丢着一张唱片

我在长安玩摇滚

钟鼓楼寂静无声

赶路的人脚步匆匆如风

停车场的汽车喇叭一齐轰鸣

也掩盖不住我的心痛

你离开的那天

整个城市苍白了并哑口无言

逐渐 我出现 学会敷衍

从此常常视而不见 彻夜无眠

西安的夜晚 是一场电影

每一盏霓虹 都藏着一个陷阱

永远都有人欢笑着像在过节

也永远会有人哭着挥手作别

太阳落下终南山

人们翘首共期盼

城市的灯火 像一首情歌

照亮着那护城河的南岸

别人的故事怎能瞎猜

城墙矗立千年 看尽花落花开

失恋的人 停在角落发呆

而西安的夜幕才刚刚拉开

此时 我好想念你的笑脸

此刻 我想颠覆所有的习惯

今晚 我的世界失去了一半

在这夜幕下的西安

曹石音乐创作年表

2001年，个人《I kill you my woman》专辑（feat. 哀雨阴）；

2001年，蓝色花粉乐队专辑《爱情电影》，代表歌曲有《爱情电影》《everybody in the rain》《traveller》；

2003年，手插口袋乐队单曲《精灵》；

2004—2007年，黑撒《起的比鸡还早》专辑，代表歌曲《起的比鸡还早》《陕西美食》《贫嘴高中生的幸福生活》《秦始皇的口音》；

2008年个人，《彩色黑白》专辑；

2007—2009年，黑撒《我的黄金时代》专辑，代表歌曲《这个古城》《西安女娃》《孩子们的理想》《醉长安》；

2009—2011年，黑撒《西安事变》专辑，代表歌曲《西安事变》《滚来滚去》《流川枫与苍井空》《西万路上的雨》；

2012—2018年，黑撒《废城甜梦》专辑，代表歌曲《如果这些都可以》《将令》《夜幕下的西安》《陕西地方邪》；

2013—2013年，个人单曲《暴走大事件》主题歌；

2017年，个人单曲《不惑》；

2018年，个人单曲《贫民窟之梦》；

2019年，黑撒单曲《夏天又来了》（feat. 乃万）；

2020年，黑撒单曲《狂欢时代》；

2021年，黑撒单曲《寂寞最伟大》。